마음 클리너

박덕희

맑은 샘물이 솟으면 그 물이 항상 깨끗하듯이

청정자성淸淨自性을 여의지 않으면

우리의 마음나라는 항상 깨끗해집니다.

'마음클리너'

그 요술방망이 파는 곳 없나요?

차례

여는글

기다림 속에
무르익은
나의 고백

하나,
여유 있게 걷게 친구

넷,
창경궁의 봄꽃

원만이의 편지 | 마음 클리너

다섯,
고요한 밤 홀로 앉아

여섯,
꽃으로 답하다

여는글

기다림 속에
무르익은
나의 고백

저의 인터넷 사용 닉네임은 '원만이' 입니다.
모나지 않고 두루두루 원만하게 사는 것이 제 삶의 표준이고 공부 목표입니다.
그러다 보니 편지 이름도 '원만이의 편지'가 되었습니다.

원만이의 편지는 매주 금요일 원남교당 교도님들과 제 주위 인연들에게 보낸 카톡 편지입니다.
처음엔 소통과 공감의 차원에서 가볍게 시작했죠.
시간이 지날수록 나름대로 형식을 갖추게 되고, 매주 금요일에는 편지를 부쳐야 한다는 의무감도 생기게 되었습니다.
그런 부담감은 저에게 좋은 에너지를 주었고, 삶의 기쁨으로 승화시키는 자극제가 되기도 했습니다.

지금까지 빠지지 않고 매주 부친 편지가 190통에 이릅니다.
그동안의 편지를 한데 묶어 그때 그 순간을 기억하고, 함께했던 분들과 추억을 나누고 싶습니다.

내용을 주제별로 나누어 다시 묶는 것은 편지글의 흐름을 끊는 것
이라 생각되어 매월 달력을 넘기듯 편지의 마지막에는 보낸 날짜
를 적어 두었습니다.

책 제목을 『마음 클리너』라고 정해 보았습니다.
이 편지를 읽으면서 우리 마음도 읽어 보고 살펴보자는 것이지오.
매일 청소하듯이 마음의 먼지도 털어내고, 찌든 때는 닦기도 하
고, 신선한 공기로 환기해 우리 마음이 좀 더 맑아지고 밝아지길
바라는 마음입니다.

원만이의 편지는 시도 수필도 아닌 그냥 편지글입니다.
내용으로는 교화일기이면서, 생활 속 작은 깨달음과 느낌을 적은
수행일기라고 말하고 싶습니다.
이 속에 저의 진심을 담아보려 했고, 편지를 통해 가까운 인연들
과 소통하고 공감하고 싶었습니다.
제가 잘 모르는 분이라 할지라도 저의 편지에 함께 공감해 주신다
면 더없는 기쁨이겠지요.

원만이의 편지를 잘 읽고 있다는 얘기를 들었을 때 저에겐 큰 기
쁨이고 보람이었습니다.
특히 고맙게 생각하는 것은 한 번도 빠지지 않고 제 편지에 일일
이 답장을 보내준 분들입니다.
이분들의 답장이 저에겐 큰 힘이 되었고, 앞으로도 원만이의 편지
가 지속할 수 있는 원동력이 될 것입니다.

편지,
기다림 속에 무르익은
나의 고백
그리고 당신의 마음.

오늘도 당신의 행복을 기원합니다.
감사합니다.

깨달음의 은혜가 가득한 4월에

전산 박덕희 교무 합장

하
나

여유 있게 걷게 친구

원기99년, 2014년
우리가 맞이한 숫자입니다.
시간은 흐르고 우리는 시간과 사람에 익숙해집니다.
익숙함 뒤에는 잊히는 것도 있지요.
잡을 수 없는 것이라면 굳이 매달릴 필요도 없겠지요.

오랜만에 창경궁을 산책했습니다.
따스함을 느낄 수 있는 오후였습니다.
'벌써 봄이 오려나?' 생각이 스쳐 갔습니다.
아직은 아니겠지요.
그렇지만 동지冬至를 지나 서서히 봄으로 향해 갑니다.

지난 시간을 되돌릴 수는 없어요.
헤어진 인연도 마찬가지입니다.
만남과 헤어짐은 자연의 순리입니다.
그래서 우리는 과거를 지나 미래를 꿈꿉니다.
무한한 가능성을 안고 말이죠.

새로운 일과 새로운 인연이 생겨날 것입니다.
이제 새로움에 적응하고 새로움 속에서 기쁨과 보람을 만들어가
야겠습니다.
올 한 해는 좀 더 여유로운 마음과 좀 더 깊은 생각과 좀 더 남모

를 공덕을 쌓는 삶으로 가꾸어 가면 좋을 듯합니다.

새해의 다짐을 다시 다져 봅니다.

2014. 1. 3

요즘 길을 걷는 것도 너무 빠르고 밥을 먹는 것도 한 끼니를 때우
듯 합니다.
주위를 둘러 봐도 좀처럼 여유 있는 얼굴을 하는 사람들이 적어
보여요.

조용한 찻집에서 책을 읽으며 차 한 잔을 즐길 수 있는 여유.
숲길을 홀로 걸으며 새소리 물소리와 벗할 수 있는 여유.
홀쩍 기차를 타고 떠나 어느 바닷가 나무벤치에 앉아 파도 소리를
감상하는 여유.
마음 한구석 근심과 걱정, 미워하고 원망하는 마음을 덜어낼 수
있는 마음의 여유.

여유는 시간적, 경제적 여유를 떠나 텅 빈 마음에서 나옵니다.
선도 악도, 예쁨도 미움도 다 받아들일 수 있는 마음의 여유가 필
요합니다.
정산 종사님께서는 "마음을 여유롭게 쓰라." 하셨지요.

일상의 여유가 자신의 인생을 결정합니다.
바삐 나아가는 것보다 한 발짝 물러서면 세 발짝 나아갈 길이 생
깁니다.
너무 바빠서 여유가 없는 것이 아니라 단지 우리 마음에 여유가
없어서 잠깐의 휴식도 찾을 수 없습니다.

여유로운 마음이 행복이고 평화입니다.

2014. 1. 10

자신의 모습을 불만족스러워 하는 사람들이 많습니다.
자기 자신을 존귀하다고 생각하지 않습니다.
오히려 하찮은 존재, 거부하고픈 존재로 생각하기도 합니다.
그래서 요즘 세상을 '자아 상실의 시대'라고 말합니다.
자아, 나를 잃어버렸다는 것입니다.

문제는 나 자신이 어떤 존재인지 모르고 사는 사람이 많다는 것이고, 또 문제는 나 자신의 존재를 알고는 있다 하더라도 나를 잃고 산다는 것입니다.
돈에 정신이 팔려서, 쾌락에 정신이 팔려서, 권력에 눈이 멀어서 자기를 잃어버리고 방황하고 있습니다.
이런 자아 상실의 시대에 자기를 되찾는 길, 자기의 존엄을 회복하는 길, 이것이 천상천하 유아독존의 의미입니다.

유아독존은 '참 나'입니다.
이 자리가 우리의 자성이고, 이것이 나의 참 모습이고, 영원한 나의 모습입니다.
그리고 현재의 나 또한 진리의 화현불化現佛로서 위대한 존재입니다.

그러한 믿음으로 살아가는 사람이 행복한 사람입니다.

2014. 1. 17

어제는 태타원 김영태 정사님의 발인이 있었습니다.
새벽 4시 20분에 교당을 나가 저녁 7시에 돌아왔어요.
돌아와서도 영위봉안식, 그리고 절 수행을 마치니 9시에 저녁을
먹게 되었지요.

87년의 인생이 단 한 줌의 뼈로 남더군요.
인생무상과 더불어 삶이 숙연해졌습니다.
언젠가 가야 하는데, 어떻게 살아야 잘사는 것인가 생각해 보는
오늘이면 좋겠습니다.

소식 마무리는 태타원 김영태 정사님의 글로 대신합니다.

길 없는 길을 한참 헤매다가
문득 동편에서 해가 떠오르고
산천이 밝아지며
넓은 길이 환히 트이고
탄탄대로가 끝없이 펼쳐지는
찬란한 광경을 본다.

2014. 1. 25

설날 잘 보내고 계세요?
오랜만에 가족들과 만나 정다운 이야기꽃이 피었겠네요.
먼 길 오가시는 분들은 고생이나 안 하셨는지 모르겠어요.

저는 오늘 설 명절 제사와 300일 기도회향식, 그리고 내일 월초기
도 준비로 하루를 보냈습니다.
오늘 교당 건물 외벽에 걸려있던 신년 '복 많이 받으세요.' 프랑을
떼었어요.
벌써 한 달이 이렇게 지났구나 싶더군요.

새해의 다짐들이 잘 실천되고 있는지요?
저 같은 경우 벌써 잘 안 되는 것들이 생기더군요.
그래서 마음을 다시 잡아 보려고요.

우리의 마음은 미묘해서 잡으면 있어지고 놓으면 없어진다고 하
셨지요.
다시 한 번 그 미묘한 마음을 추어 잡는 우리면 좋겠어요.

나머지 설 연휴도 은혜와 감사 속에 보내시고요.
교당에서 마음공부로 반갑게 만나겠습니다.

2014.1.31

입춘!
이젠 봄이 가까워졌네요.

안녕하시지요?
몸도 마음도 안녕해야 할 텐데…….
그래도 언 땅을 박차고 새순이 돋듯이 봄의 희망으로 새날을 맞이
합니다.

요즘 저는 교당 울안을 벗어나 사람들을 만나고 있습니다.
함께 만나 이야기 나누면서 많은 것들을 느끼고, 배우고, 얻고 있
지요.

다른 사람의 생각을 이해하고 소통하려는 마음
세상을 바라보는 지혜
경청이야말로 최고의 배움이라는 것
그러면서 사람이 소중하다는 것.

우리 삶에 때론 홀로 고독을 즐기고 자연과 벗하는 시간도 필요하
죠. 하지만 사람 냄새, 인간적인 정을 느끼며 나누는 시간이야 말
로 살맛 나는 세상의 모습이라 생각해 봅니다.

어느 시인은 이렇게 말했죠.

"사람만이 희망이다"

우리 모두 서로에게 희망이 되고 기쁨이 되는
아름다운 인연이길 기원합니다.

2014. 2. 7

2월 14일 밸런타인데이…….

오늘은 침략자 이토 히로부미를 처단한 서른 살 청년 안중근 의사
가 사형선고 받은 날이라고 합니다.
마냥 즐겁게 보낼 일은 아닌 거죠.

며칠 전에 요즘 한창 인기 있는 애니메이션 영화 겨울왕국을 보았
습니다.
아름다운 영상과 음악.
뮤지컬 애니메이션으로 너무 멋진 영화를 감상했지요.
놀라웠습니다.
상상력과 섬세함, 그리고 스토리의 구성 등.

마지막 장면이 생각이 납니다.
얼음이 된 안나를 부둥켜안고 진정한 사랑을 전하는 엘사.
드디어 안나가 제 모습으로 돌아오고 마법에 걸린 겨울왕국이 제
모습으로 돌아오게 되죠.

안나의 가슴에 박힌 얼음을 녹일 수 있는 유일한 것은 사랑이
었죠.
제 짐작은 크리스토퍼의 키스만이 열쇠인 줄 알았는데 결국 언니
인 엘사의 진정한 사랑이 그 힘이었죠.

겨울왕국이 전하는 메시지는 진정한 사랑만이 모든 것을 녹인다는 것입니다.

내 마음이 얼음장으로 차가운지
내가 내뱉는 말 한마디가 얼음 비수가 되지는 않는지
우리 사는 사회가 차가운 왕국이 되어가고 있지는 않는지
생각해 보았습니다.

따뜻한 온기와
진정한 사랑을 나누는 우리가 되었으면 합니다.

2014. 2. 14

원만이의 편지 | 마음 클리너

김연아 선수가 아쉽게 은메달에 머물렀네요.
새벽잠을 떨치고 그 역사적인 순간을 함께 했지요.
아름답고 감동적인 마지막 무대였습니다.

공연은 멋있었지만, 결과는 씁쓸하더군요.
홈 텃세가 너무 심하더라고요.
그래도 금메달보다 더 멋진 은메달로 피겨의 전설로 남은 김연아
선수에게 힘찬 박수를 보내고 싶습니다.

삶을 살아가다 보면 예기치 못한 상황에 부닥치기도 하고, 받아들
일 수 없는 결과에 분통이 터지기도 합니다.
진실을 외면한 채 허위로 치장된 세상을 향해 소리치기도 합니다.
무엇이 진실이고, 무엇이 거짓이란 말인가.

하지만, 거짓도 새삼 더 큰 진실을 위해 필요하다는 생각을 하게
됩니다.
작은 거짓으로 인해 진실의 소중함을 일깨워주니 말입니다.
그리고 우리는 확신합니다.
진실이 언젠가는 승리하리라는 것을요.

우리가 감동하는 것은 4분의 공연시간이 아니라
그 짧은 공연을 위해 땀 흘렸을 지난 시간입니다.

"그동안 수고했다."
"아디오스 Yuna!"

나에게 주어진 삶을
아름답고 감동적으로 만들어 가는 우리들이면 좋겠습니다.

2014.2.21

점심 후 창경궁 산책을 하였지요.
봄기운이 완연하더군요.
이름 모를 꽃이 피기 시작했어요.
이른 봄에 피는 꽃은 그 생명력이 대단한 것 같아요.
거친 나무껍질을 뚫고 나오니까요.
그래서 그 꽃이 더 아름다운가 봅니다.

지난주 연극 '가을 반딧불이'를 관람했어요.
'가을 반딧불이'는 사회적으로 소외된 사람들이 도시 변두리 버려
진 보트선착장에서 우여곡절을 겪으며 한 식구가 되는 과정을 담
고 있습니다.
함께 밥을 먹고 서로의 아픈 상처들을 보듬어내는 따뜻한 이야기
입니다.
이름만 가족으로 살아가는 사람들에게
진정한 가족이 무엇인가를 깨우쳐 주는 좋은 연극입니다.

가족!
그 이름만으로도 따뜻하고 행복한 단어이지요.
우리 또한 은혜로움으로 맺어진 가족입니다.
한 가족입니다.

서로 위해주고
서로 챙겨주고
서로 감싸주고
서로 사랑하는
우리는 가족입니다.

따뜻한 마음으로 가족을 생각해 봅니다.

2014. 2. 28

경칩이 지나 봄이 다 된 줄 알았는데 어제와 오늘 날씨는 다시 겨울로 돌아간 듯 추위가 매섭네요.
아직 봄꽃이 완연한 때가 아닌지라 꽃샘추위라 하기엔 좀 그렇지요.
하지만 봄꽃의 주인공들이 화들짝 놀랐을 것 같아요.

얼마 전에 인터넷을 통해 스타강사 김미경 씨의 강의를 들은 적이 있어요.
기억에 남는 말이 "시계추 이론"이었습니다.
시계추가 왔다 갔다 하듯이 우리네 인생도 항상 앞으로 나갈 수는 없고, 뒤로 물러났다 다시 앞으로 나간다는 것이지요.
공감했습니다.

뭐, '음양상승陰陽相勝의 이치'라고 할까요.
항상 겨울이 아니고, 항상 여름도 아니지요.
어두웠다 밝았다, 따뜻했다 추웠다, 좋은 일이 있다가도 나쁜 일이 찾아오고, 막막해 보이다가도 삶이 희망으로 보이기도 하지요.
그래서 소태산 대종사님께서는 이렇게 말씀하셨지요.

"어려운 일을 당해서는
좋은 일이 생길 거라는 희망을 품고
좋은 일을 당해서는

간사하고 망령된 곳으로 흐르지 않도록 주의하라."

중요한 것은 한쪽으로 쏠리지 않아야 한다는 것이지요.
좋은 일에만 쏠리거나 나쁜 일에만 쏠려서는 안 되고 항상 그 중
심을 잡고 있으면 어떠한 상황이 되더라도 문제가 없다는 것입니
다.

좋은 일을 당해서는 감사하고 또한 조심하며
나쁜 일을 당해서는 참회 반성하고 새로운 희망을 품어야겠지요.
이것이 삶의 밝은 지혜가 아닐까요?

추위가 잠시 머물더라도 봄꽃은 피어나듯이
희망과 설렘으로 봄을 맞이하시길 기도합니다.

2014. 3. 7

소태산 대종사님 당대에 술을 좋아하던 '김남천'이라는 분이 계셨
어요. 흰 수염이 멋지게 나고 공부심도 대단하셨지요.
하루는 이분이 인근 주막집 앞을 왔다갔다하다가 고래고래 고함
을 치더랍니다.
"이놈, 못 끊어."
이러기를 몇 번 하더니 그 주막집을 지나쳐 가더랍니다.

그 광경을 멀리서 지켜보던 다른 분이 그 연유를 물었지요.
"아, 인심이 자꾸 발동하여 자꾸 한잔 하자 권하니, '도심이 이 놈
못 끊어' 라고 호령한 거여."
재미있는 풍경이지요.

인심은 욕심의 마음이고 도심은 하늘의 마음이죠.
우리의 공부가 도심을 지키고 인심을 멀리해야 하는데
세상은 나의 마음을 유혹합니다.
'한잔 정도면 괜찮잖아.' 라고 말이죠.

이때가 공부할 때이죠.
인심이 일어날 때 도심을 불러일으키는 것이죠.
만반의 전투태세를 갖추고 말이죠.
네가 이기나 내가 이기나 한번 붙어보는 겁니다.

그런데 이게 쉽지만은 않습니다.
한때의 유혹으로 인심에 넘어가게 되면 어떻게 될까요?
죄를 짓게 되고, 결국 불행이 찾아옵니다.

다 알긴 아는데, 잘 안된다고요?
그래서 우리는 끊임없이 챙기고, 다짐해야 합니다.
한번 졌다고 포기해서도 안 됩니다.

소태산 대종사님께서는
"아무리 욕심나는 경계를 대할지라도
끝까지 싸우는 정신을 놓지 아니하고 힘써 행한즉
마음이 차차 조숙調熟되어
마음을 마음대로 하는 지경에 이르게 된다."고 하셨지요.

봄날의 생동하는 기운과 함께
우리의 공부심이 더욱 살아나길 기원합니다.

2014. 3. 14

"당신은 반짝이는 별빛처럼 빛날 권리가 있습니다."

어제, 지하철 안에서 들은 기관사님의 방송 멘트입니다.
기분이 좋아지더군요.
그분의 말씀처럼 항상은 아니더라도 가끔씩 빛나는 인생이면 좋
겠습니다.

남도에서 꽃소식이 들려오네요.
매화, 진달래, 개나리, 벚꽃, 목련꽃······.
생각만 해도 기분이 좋아집니다.

창경궁에도 생강꽃, 진달래꽃 등이 피었어요.
가만히 들여다보니 따뜻한 양지쪽에 꽃이 먼저 피더군요.
평범하지만 소중한 진리가 아닐까요?
따뜻함이 꽃을 피워내고 사람들을 불러들이지요.

소태산 대종사님께서는
"봄바람은 사가 없이 평등하게 불어 주지마는
산 나무라야 그 기운을 받아 자라고,
성현들은 사가 없이 평등하게 법을 설하여 주지마는
신信 있는 사람이라야 그 법을 오롯이 받아갈 수 있다"고 하셨지
요.

봄바람이 불고 봄 햇볕이 따스한 요즘
저의 믿음을 돌아봅니다.
저의 마음의 온기를 살펴봅니다.

깊은 사람이 되어야겠구나.
따뜻한 사람이 되어야겠구나.
그래서 법을 오롯이 받고
그래서 모두를 감싸 안고 살려내야겠다는 다짐을 합니다.

내일은 봄기운이 더 완연하여 봄꽃 향기가 더욱 진해지겠지요.
봄꽃과 함께 행복하세요.

2014. 3. 21

창경궁에 진달래꽃이 화사하게 피었습니다.
어릴 적 내 고향 장수에도 이맘때쯤 진달래가 한창이었지요.
진달래꽃이 피면 그 꽃을 따다가 뒤 헛간 항아리에 진달래꽃 술을
담았어요.
술이 익을 무렵 아버지는 식사 때마다 그 술을 떠 오라 하셨지요.
맑은 선홍빛을 띤 진달래꽃 술이 어찌나 아름답던지요.
오늘따라 진달래꽃술을 약주 삼아 온갖 시름을 달래시던 아버님
의 주름진 얼굴이 떠오릅니다.

진달래를 바라보면 자연스레 떠오르는 시가 있어요.
김소월의 시 '진달래꽃'인데요.
제가 좋아하는 구절은

"가시는 걸음걸음 놓인 그 꽃을 사뿐히 즈려 밟고 가시옵소서."
입니다.

시구도 아름답지만, 이별의 아쉬움을 승화시키는 마음은 고귀하
기까지 합니다.

진달래꽃을 바라보며 일찍 돌아가신 아버지가 그리워지는 오늘입
니다.

누군가를 그리워하며 가시는 걸음걸음 꽃을 뿌려드리는 마음으로
봄꽃들을 바라봅니다.

확 피어난 봄꽃 속에 화사하고 행복하세요.

2014.3.28

요즘 연이어 피어나는 봄꽃들의 향연에 꽃구경하는 재미가 참 좋
습니다.
봄꽃과 더불어 마음의 꽃도 활짝 피면 좋겠어요.
그런데 봄에 피는 꽃들은 금세 피었다 곧 지더군요.
피었다 곧 지는 봄꽃들을 보면서 '양보의 미덕'을 생각하게 되었
어요.

대체로 봄꽃들은 잎이 나기 전에 꽃을 먼저 피우지요.
매화, 개나리, 진달래, 벚꽃들이 다 그래요.
그 꽃들이 새롭게 돋아날 잎들을 위해 재빨리 꽃잎을 떨구지 않나
그런 생각이 들었어요.
자연의 오묘하면서 당연한 순리라고 할 수도 있겠지만 이것이 봄
꽃이 던지는 '양보의 미덕' 아닐까요?

요즘 인심이 각박해서인지 버스나 지하철에서 자리 양보하는 것
도 쉽지 않아 보입니다.
하물며 더 큰 자리나 더 큰 이익을 양보하기란 쉽지 않겠지요.
양보는 내가 손해 보는 것이 아니라 함께 나누는 것이고
미래의 더 큰 복을 쌓는 일이지요.
특히 인화人和에 있어 서로의 작은 양보는 아름다운 하모니를 이
루지요.

원불교 3대 종법사이셨던 대산 김대거 종사께서는
"범인은 빼앗으려 하나 성인은 양보하고,
범인은 다투려 하나 성인은 화합한다."고 하셨지요.

봄꽃들을 보면서 욕심이 아닌 사랑에 양보하는 사람 되면 좋겠습니다.

2014. 4. 4

스님 한 분이 제자와 길을 가다가 냇가에 이르렀다.
한 여인이 내를 건너지 못해 발을 구르고 있었다.
그 모습을 본 스님은 선뜻 여인을 업고서 내를 건너 맞은편에 내
려 주었다.
제자는 스승을 이해할 수 없었다.
여인을 내려 주고 길을 가면서도 제자는 수행자가 어찌 여인을 함
부로 업을 수 있는가 하는 생각에 혼란스러워 한참 고민하다가 뾰
로통한 얼굴로 스승에게 물었다.

"스승님, 수행자가 어떻게 여인을 업을 수 있습니까?
정말 이해할 수가 없습니다."

그러자 스승이 답했다.

"나는 그 여인을 냇가에 내려놓고 왔는데,
너는 아직도 그 여인을 업고 있구나."

우리는 생각의 짐을 잔뜩 지고 살아갑니다.
그 생각이 좋은 생각이든, 나쁜 생각이든 오래 머물면 괴로움의
씨앗이 됩니다.
특히 한쪽으로 치우치거나 고정된 생각은 매우 위험하지요.

그래서 성자들께서는
"응應하여도 주住한바 없이 그 마음을 써라"고 하셨지요.
관념과 상相을 놓아야 하고 마음의 흔적이 남아서는 안 된다는 것
입니다.

우리의 마음은 본래 텅 비어 있기에 생각을 놓으면 사라지고 그
집착으로 인해 생겨났던 괴로움도 사라집니다.
바람은 스쳐 지나갈 뿐 흔적을 남기지 않습니다.
머물지 않는 바람처럼 살면 좋겠습니다.

텅 빈 자유로운 마음으로
모두를 감싸 안는 여유로운 마음으로 행복하세요.

2014. 4. 11

원만이의 편지 | 마음 클리너

: 꽃잎들 지고 있다

여리고 엷은 꽃잎들이 지려 합니다.
'희망'이라는 단어를 부여잡고 싶지만, 시간은 속절없이 거친 파도에 휩쓸려만 갑니다.

운명運命
인과因果
공업共業

이렇게 생각하고 그 책임을 미루기엔
너무나 짧은 지혜요, 안타까운 마음이요, 미안한 마음뿐입니다.

'제발, 제발…….'

가족들의 간절한 염원이야 얼마나 애타고 간절하겠습니까.

내가 할 수 있는 유일한 일이라는 게 고작 한 가닥 희망을 위해 기도하고 마음속으로 그 아픔을 함께하고 위로할 뿐이라는 사실에 참담할 뿐입니다.

오늘 이 시간 참회의 기도를 올립니다.

위기의 상황에 의연히 대처하지 못한

지혜의 부족과 안이함을 깊이 참회합니다.

숱한 노여움과 다툼으로
서로를 상처 내고 짓밟으려 했던
나쁜 마음씨를 깊이 참회합니다.

더 사랑하고 더 위해주고
더 가르쳐주고 더 배우고
더 함께하지 못했던
부족한 마음씨를 깊이 참회합니다.

오직 나와 내 가족만을 생각하고
이웃과 세상을 위하는 일에는
두 팔 걷어붙이고 나서지 못했던
좁은 생각과 행동을 깊이 참회합니다.

마지막으로
나와 우리의 기도가 부족했음을
깊이 참회합니다.

오늘의 이 슬픔이
더는 깊어지지 않고
평화로움으로 바뀌길 간절히 염원합니다.

2014.4.18

온 국민이 깊은 슬픔에 빠져있습니다.

세월호 가족들의 슬픔과 정신적 충격, 그리고 분노는 스스로가 감
당할 수 없는 깊이입니다.
지금은 울고 소리치고 감정을 폭발시키는 게 도움이 된다고 합니다.

시간이 지나면 해결될까요?
'세월이 약'이라고 했으니 아픔과 슬픔은 어느 정도 가시겠지요.
그런데 가슴 깊이 응어리진 상처는 쉽게 치유되진 않을 듯합니다.
지금 이들에게 슬픔을 위로하는 방법은 무엇일까요?
이성적인 옳고 그름을 설명하는 것보다 슬픔을 함께 공감하고 지
켜보고 따뜻한 마음을 보내는 것이라 생각합니다.

누구나 깊은 슬픔을 겪게 마련입니다.
그런데 혼자 슬픔과 마주 대하게 되면 그 슬픔은 우울과 절망으로
번지고 급기야는 삶을 무가치하다고 생각하기 쉽습니다.
모든 것이 귀찮고 모든 것을 부정하고 싶겠지요.
그래서 그들의 곁에 가족이 필요하고 친구가 필요하고 이웃이 필
요합니다.
동정이 아닌 공감이 필요하고, 처진 어깨를 부추겨 주는 손이 필
요하고, 아픈 마음을 어루만져 주는 따뜻한 마음과 위로의 말이
필요합니다.

그런데, 그 일이 어느 정도 지난 뒤 슬픔을 위로하는 데 꼭 잊지 말아야 할 것이 있습니다.

그것은 인생과 삶에 대한 깨달음입니다.

왜 석가모니 부처님께서 생로병사生老病死가 인생의 고통이고 그 괴로움 어떻게 벗어나라고 말씀하셨는지,
왜 소태산 대종사님께서 '인과보응因果報應의 이치'와 '불생불멸
不生不滅의 이치'가 만고불변萬古不變하는 진리의 소식이라 말씀하셨는지 알아야 합니다.

이것이 슬픔을 완전히 벗어날 수 있는 지혜 아닐까요?

4월 28일은 원불교를 세우신 소태산 박중빈 대종사께서
큰 깨달음을 얻고 새 시대의 새 종교인 원불교를 여신 날입니다.
그 깨달음의 소식이 이 땅의 슬픔을 당한 분들, 그리고 그 슬픔을 함께하는 모든 이에게 은혜의 빛이 되길 염원합니다.

2014. 4. 25

5월은 '가정의 달'입니다.

어린이날, 어버이날, 스승의 날, 성년의 날 등 가까운 인연들을 사랑과 존경으로 챙기는 그런 날들이 유난히 많습니다.

마치 오래전 약속인양 사랑하는 두 사람이 만나 결혼을 하여 한 가정을 이루고 아이들을 낳고 한 가족이 되지요.
가족이라는 이름으로 함께 나누고 보듬으며 살아가지요.

'가정'이라는 울타리!

가정은 편안한 삶의 보금자리입니다.
지친 몸을 이끌고 돌아가 편히 쉴 수 있는 가정이 있고, 따뜻한 미소로 반기는 가족이 있다는 것이 얼마나 행복한 일입니까?
만약 돌아갈 곳이 없는 슬픔과 마주한다면 견디기 힘든 외로움일 것입니다.

아무런 바람 없이 사랑을 주기 위해 바라만 보고 있는 부모님이 계시고, 커가면서 살아가면서 아무리 티격태격해도 한 핏줄의 형제들이기에 따뜻한 가슴으로 기쁨과 슬픔을 함께하지요.

가정의 달 5월이지만 그 가정의 꽃인 사랑스런 우리 아이들을 어른들의 잘못으로 너무 안타깝게 보냈습니다.

슬픔과 아픔을 가진 모든 사람이 가정이라는 울타리 속에서 가족의 정情으로 다시 일어서길 기원합니다.

이제 우리 가정이 다시 살아나야 합니다.
사랑과 은혜와 감사가 맑은 샘물처럼 솟아야 합니다.
따뜻한 정이 넘치는 행복충전소이어야 합니다.

특별히 5월만 가정의 날이 아니라 가정의 소중함은 매달, 매일이면 좋겠습니다.
푸름이 짙어가는 5월의 신록과 함께 행복한 가정 되시길 기원합니다.

2014. 5. 2

원만이의 편지 | 마음 클리너

며칠 전, 현빈 주연의 영화 역린逆鱗을 보았어요.
그 영화에서 〈중용 23장〉의 내용이 비중 있게 소개됩니다.

"작은 일도 최선을 다해야 한다. 작은 일에도 최선을 다하면 정성
스럽게 된다.
정성스럽게 되면 겉에 배어나오고 겉에 배어나오면 겉으로 드러
나고 겉으로 드러나면 이내 밝아지고
밝아지면 남을 감동시키고 남을 감동 시키면 이내 변하게 되고
변하면 생육된다.
그러니 오직 세상에서 지극히 정성을 다하는 사람만이
나와 세상을 변하게 할 수 있는 것이다."

소태산 박중빈 대종사께서는
"성誠이라 함은 간단없는 마음을 이름이니, 만사萬事를 이루려 할
때에 그 목적을 달하게 하는 원동력이니라." 하셨지요.

정성은 끊임없는 마음과 온갖 힘을 다하려는 진실하고 성실한 마
음 두 가지 의미가 있지요.
지극한 정성은 귀신도 감동한다는 말이 있습니다.
개인뿐 아니라 가정, 그리고 우리 사회 곳곳에 정성이 필요한 때
입니다.

어제는 어버이날이었죠.

중1 아들 원빈이가 쓴 정성스런 축하카드를 받았어요.

마지막에 이렇게 썼더라고요.

"엄마, 아빠. 오래 사세요."

제가 전화해서 이렇게 말했어요.

아직 엄마 아빠 젊으니까 "오래 사세요" 보다는 "건강 하세요"가
낫겠다고.

아직은 서툴게 보이는 정성이지만 그래도 기분은 좋았습니다.

작은 행복들이 5월의 신록처럼 푸르게 번지는

행복한 주말 되기를 기원합니다.

2014. 5. 9

제 나이 갓 20살, 천방지축은 아니었어도 고등학교를 막 졸업했으
니 모든 것이 얼마나 어설펐겠어요.
철모르던 앳된 출가자인 저를 말 없으신 가운데 법으로, 정으로
따뜻하게 감싸주신 스승님이 계셨어요.

스승님의 특기는 상대방의 기운을 북돋워 주는 것이었어요.
믿어주시고, 잘할 거라 항상 격려해 주셨지요.
지금도 가슴속에 간직하고 있는 말씀이 있는데요.
간사시절 어느 교무님을 통해 전해주셨던 말씀,
"덕희는 도종道種이다."

저는 출가생활하면서 이 말씀이 얼마나 큰 힘이 되고 용기가 되었
는지 모릅니다.
믿어주시고 기운 연해 주신 소중한 말씀이시죠.

스승님께서 열반하시기 몇 해 전에 찾아뵈었지요.
그때, 떼를 써서 제게 맞는 법문을 청했어요.
교전 앞장에 손수 써주신 법문이

"사상공부事上工夫 수행합일修行合一"

뜻을 풀이하면,

"일속에서 공부하고 닦음과 행함이 같아야 한다."
제가 뵌 스승님의 모습은 평생 이런 모습이셨어요.

저의 마음을 열어주신 스승님..
닦고 배우고자 하나 미치지 못함이 죄송할 따름입니다.
누군가를 존경하고 그리워하는 대상이 있다는 것은 참으로 행복
한 사람입니다.

다음 주에는 우리의 큰 스승님이신
대산 종사님을 뵈러 익산성지에 갑니다.
그리움과 존경의 마음을 가득 담아
일주일을 정성스럽게 맞이하면 좋겠습니다.

2014. 5. 16

둘

일
상
의　행
복

얼마 전에 참 좋은 인연으로부터 책을 선물 받았어요.
생각해 보니 책 선물은 참 오랜만이더군요.
고맙고 기분이 좋았습니다.

책 제목은 『만 가지 행동』인데요,
부제로 '심리훈습 에세이'가 붙어 있더군요.
'훈습'이라는 단어가 눈에 확 들어왔어요.
훈습의 사전적 의미는 "좋은 향을 배게 하면 그 향기가 풍기게 되는 것처럼 신체와 언어, 마음으로 노력하면 그것이 마음에 잔류하게 됨"을 뜻합니다.

참 좋은 단어네요.
내 몸에서는 어떤 향내가 풍길까?
맑은 향기가 세상 끝까지 퍼져 가면 좋겠습니다.

우리는 세상살이에서 많은 것을 보고 배우고 느낍니다.
그런데 그 배운 것을 아는 것에만 그쳐서는 안 되겠죠.
공자님께서는 배우고 때때로 익히라는 '학이시습學而時習'의 기쁨을 말씀하셨고, 소태산 대종사님께서는 일일시시日日時時로 자기가 스스로 '훈련하라' 하셨지요.

훈련은 쉽게 말하면

"몸과 마음을 닦아 진리 그대로 행할 수 있는 능력을 갖추는 것"입니다.

알기만 하고 훈련을 통해 실행하지 않음은 "보기 좋은 납도끼"와 같다고 하셨지요.

납으로 만든 도끼는 보기만 좋지 아무 쓸모가 없지요.

결국 훈련의 목적은 실제 경계를 당해서 몸과 마음을 잘 사용하자는 것입니다.

학이시습, 훈습, 훈련.

나를 변화시키고, 세상을 변화시키는 요체입니다.

세상 모든 인류가 마음훈련을 통해 이 땅에 평화의 세계, 낙원의 세계가 건설되길 희망합니다.

이번 일요일에는 그리움과 존경의 마음을 담아 대산종사 탄생 백주년 기념대법회에 참석합니다.

기쁨과 은혜가 함께 하시길 기원합니다.

2014. 5. 23

오늘은 육일대재를 앞두고 대청소를 했어요.
육일대재는 소태산 대종사님의 열반을 기념하는 날로 원불교에서
는 매년 6월 1일에 소태산 대종사를 비롯하여 모든 성자는 물론
부모 선조 일체생령들을 추모하는 향례를 올립니다.
한마디로 합동제사인 거죠.

교당 구석구석 먼지를 털고, 유리창을 닦고, 물청소를 했어요.
예로부터 집안에 제사가 돌아오거나 큰 손님이 오시면 대청소를
했지요.
청소를 하면 집안과 도량만 청결해지는 것이 아니지요.
우리의 마음이 더욱 깨끗해지고 맑아지는 부수효과가 따르지요.
그래서 청소하면서 이런 다짐도 해봅니다.

내 마음의 먼지를 털어내고
내 마음의 때를 닦아내고
내 마음을 깨끗이 씻어내자.

깨끗하고 맑은 기운이 어렸을 때
법력이 솟아나고
정결한 집안에 부처님의 은혜가 내린다고 했습니다.

소태산 대종사님께서는

교단의 큰 행사가 있거나 큰 손님이 오시면
도량을 청결히 하는 대청소를 진두지휘하셨다고 해요.
그래서 그런지 당시 건물은 그리 볼품없는 불법연구회였지만 도
량의 청결함과 사람들이 풍기는 맑은 기운과 따스함에 감동 받았
다고 합니다.

청소를 한다는 것은 남에게 보여주기 위함이 아니라 밖으로 깨끗
하고 안으로 마음이 정화되는 것이지요.
거기엔 정성이 늘 함께하고요.
조상을 모시고 귀한 손님을 받드는 정성 말이지요.
그리고 전해 내려오는 이야기에 의하면 청소를 열심히 하면 인물
이 좋아지고 맑은 기운이 돌아 복이 저절로 들어온다는 이야기가
있지요.

내일모레 6월 1일은
감사와 존경의 마음으로 먼저 가신 분들을 추모하는 날입니다.
정성 함께 하면 좋겠습니다.

2014. 5. 30

얼굴이 참 곱고 마음 또한 착한 분으로부터 선물을 받았습니다.
예쁘게 리본으로 포장된 틈새로 보이는 것이 꼭 '화장품'이었습니다.
고맙다는 인사를 바로 못 하고 하루가 지난 뒤에 카톡을 보냈습니다.

"선물 고마워요. 근데, 걱정이네.
여기서 더 멋있어지면 어떡하지?
아내(정토)가 긴장할 것 같아서. ㅎㅎㅎ"

바로 답장이 왔어요.

"앗, 교무님~
그거 얼굴에 바르는 거 아니고 방향제에요."

에고고 이런. 핫 코미디가 따로 없네요.
방향제를 화장품으로 착각했으니 말이에요.

불교경전에 착각과 관련한 유명한 비유가 있어요.

나그네가 밤길을 가는데 새끼줄을 밟았답니다.
그 나그네는 그것이 뱀인 줄 알고 깜짝 놀라 소스라쳤지요.

나중에 알고 보니 뱀이 아니라 새끼줄이었지 뭐에요.

생김새가 비슷하니 착각을 할 수밖에요.

착각에서 바로 깨어나면 다행이지만 어리석은 중생의 삶은 착각의 연속입니다.

그름을 옳은 것이라 착각하고

악을 선으로 착각하고

더러움을 깨끗함으로 착각하고

추함을 아름다움이라 착각합니다.

심지어는 지금의 나의 모습과

내가 가지고 있는 모든 것이 영원할 것이라 착각합니다.

우리는 한순간 착각할 수 있어요.

그럴 땐 잠에서 깨어나듯이 바로 착각에서 벗어나면 됩니다.

착각은 자유라 하지만, 그런데 위험한 것은 그 착각을 사실로 단정 짓는 것입니다.

그것을 우리는 '망상妄想'이라고 합니다.

망상은 사실인 것처럼 굳게 믿어 망령된 생각을 하는 것입니다.

망령된 생각은 사실이 아닌 그른 행동으로 나타나겠지요.

그른 행동은 당연히 죄를 불러올 테고요.

그래서 우리의 공부는 착각에서 깨어나야 하고 망상에서 벗어나야 합니다.

세상의 수많은 유혹 경계들이 우리 삶을 착각과 망상 속에 살게 합니다.
거짓이 진실인 양, 속이고 또한 속고 삽니다.
그래서 우리에게 정견正見이 필요합니다.

가림 없이 보는 것
겉모습만 보지 않고 속 모습까지 보는 것
눈앞에 것에 현혹되지 않고 멀리 보는 것
그것을 우리는 심안心眼, 즉 마음눈이 열렸다고 하지요.

"속아 넘어가지 마라."

나의 삶 가운데 어떤 부분이
착각과 망상에 빠져 있지 않나 살펴볼 일입니다.

자성自性의 밝은 빛으로
항상 관조觀照하는 삶 되길 기원합니다.

2014.6.6

아름다운 섬 제주도를 다녀왔어요.
여행 중 가장 인상 깊었던 곳은 섭지코지에 위치한 '지니어스 로사이' 라는 건축물이었어요.
지니어스 로사이는 세계적인 건축가 안도 다다오(일본, 1941~)의 작품으로 '이 땅을 지키는 수호신'이라는 이름을 가진 매우 신비적인 건축물입니다.

돌의 정원, 건물 안에 담긴 자연, 미디어아트 등 감상 포인트를 여러 가지로 설명할 수 있지만 한마디로 말하면 그곳은 '명상의 공간'입니다.
한가한 시간에 여유로운 마음으로 그곳을 걷고 바라보고 느낀다면 저절로 명상이 되고, 힐링이 되겠다는 감상을 얻었습니다.

물, 돌, 바람, 소리
그리고 바다와 산이 어우러진 자연의 조화
과거, 현재, 미래를 통시通視하는 공간
공간의 단절과 연속을 통해 열리는 새로운 세계

비전문가가 보기에도 '뭔가 있다' '새롭다'는 감상을 얻기에 충분했습니다.
상업성에 물들지 않고 인간의 감성과 영성을 자극하는 작가의 천재성이 돋보이는 작품이었습니다.

여러 공간 중에서도 제가 뽑은 베스트 오브 베스트는 뷰파인더 viewfinder라는 곳입니다.

돌벽에 시선 높이로 가로형 빈 공간을 두어 성산 일출봉이 마치 사진처럼 보이게 한 곳이지요.
완전히 개방된 공간에서 보는 경치보다 제한된 공간이 주는 풍경의 구도와 집중력이 참 맘에 들었습니다.

우리의 마음도 마치 사진 찍듯이 보고자 하는 곳을 정확히 찍어낼 수 있으면 얼마나 좋을까 하는 생각을 해봅니다.
때론 단순한 일상이 아닌 특별함이 새로움의 자극이 됩니다.
여행과 체험은 삶의 활력이 되고 충전이 되지요.

매일 여행하고 계시죠?

신비롭고 묘한 마음나라 여행에서도 그러한 느낌과 기쁨 얻기를 기원합니다.

2014.6.13

창경궁을 산책하다 다람쥐를 만났어요.
"산골짜기 다람쥐 아기 다람쥐
도토리 점심가지고 소풍을 간다. ~ ♬"
어릴 적 동요가 떠오르면서 '고 녀석, 참 예쁘고 귀엽다.'는 생각이
들더군요.

그런데 말이죠.
다람쥐가 사라진 바로 그 순간, '만약 다람쥐가 아니라 쥐를 보았
다면 내가 예쁘고 귀엽다고 생각했을까?'라는 물음이 갑작스레 떠
올랐어요.
그러면서, 한 치의 망설임도 없이 소스라치게 몸을 떠는 제 모습
을 발견했지요. 제가 쥐를 참 싫어하거든요.

다람쥐와 쥐.
외형으로 보면 크게 다를 바가 없는데, 왜 나는 좋고 싫음이 극명
하게 갈릴까? 그 이유는 내 기억 속에 심어놓은 학습된 이미지와
경험 때문이지요.

저는 시골 태생이에요.
저에게 쥐는 친근한 동물이라기보다 해로운, 죽여야 하는 동물이
었지요. 그래서 쥐라는 단어만 생각해도 징그럽게 느껴져요.

그런데 말이죠. 잘 생각해 보세요.
원래 다람쥐와 쥐에게는 깨끗함과 더러움, 아름다움과 추함이 따로 있나요?

똑같은 대상임에도 어떤 사람은 좋아하고, 또 어떤 사람은 싫어하지요. 우리는 해로움과 이로움의 기준을 나 또는 인간에게 둡니다. 그래서 나에게 이로우면 좋은 것이고, 해로우면 나쁜 것이라고 규정짓지요. 결국 우리가 학습과 경험을 통해 규정지은 것에 의해 우리의 인식은 그대로 반응하게 마련입니다.

'불구부정不垢不淨'
반야심경般若心經에 나오는 말이지요.
"더럽지도 않고, 깨끗하지도 않다."
이 가르침은 더러움과 깨끗함에 대한 분별과 집착을 놓으라는 것입니다. 모든 것은 공空하기 때문에 더럽지도 깨끗하지도 않다는 거지요.

깨끗한 고기로 떼어달라는 손님에게 푸줏간(정육점) 주인이 고기에 칼을 꽂고 되묻죠.
"어디가 정한(깨끗한) 곳입니까?"

분별을 놓고 집착을 여의면 본성 자리가 그대로 드러납니다.
걸리지 않는 바람처럼 자유로운 삶 되길 기원합니다.

2014. 6. 20

우리는
매일 시계추처럼 똑같은 일상을 반복합니다.
같은 시간과 장소
같은 일
같은 사람을 만납니다.

틀에 박힌 생활을 하다 보면 그러한 일상이 단조롭고 지겹다고 느껴질 때가 있어요.
그래서 그 일상을 벗어나기 위해 등산, 여행, 쇼핑 등 각종 취미생활로 삶의 활력소를 찾기도 하지요.

그런데 말이죠.
특별한 것이 꼭 좋다고 볼 수는 없어요.
매일 여행을 가고
매일 외식을 하고
매일 새로운 사람을 만날 수는 없잖아요.

너무 특별함만을 찾는 것은
순간적인 기쁨을 얻기 위해 위험한 환각제를 찾는 어리석은 자와
같다고 생각해요.

일상에서 행복을 찾아보세요.

마음의 빛을 밝혀
새로운 마음으로 일을 하고
새로운 마음으로 사람을 만나고
새로운 마음으로 삶을 즐기는 것이지요.

매 순간 깨어있는 느낌으로 만나보세요.
밥을 먹을 때도
길을 걸을 때도
누군가와 대화를 할 때도
처음의 그 느낌 그대로 해보세요.

오늘도 저는 창경궁 산책을 했어요.
매번 갈때마다 새로운 느낌으로 다가와요.
더 여유롭게 걷고 고궁의 옛 정취를 더 느껴보고 계절의 변화를
직접 몸으로 확인하지요.
오늘따라 바람결에 전해오는 진한 소나무 향이 머리를 시원하게
해주더군요.
한동안 그 향에 흠뻑 취해 행복했어요.

가까이
일상에서
그리고 작은 것에
기쁨과 행복을 찾는 우리면 좋겠어요.

2014. 6. 27

원만이의 편지 | 마음 클리너

때론 이런 생각을 할 때가 있어요.
과거로 시간여행을 해서 다시 그 시간을 산다는 상상 말이죠.
영화 '어바웃 타임About time'은 시간여행을 다룬 영화입니다.

만약 과거의 시간을 다시 산다면 후회하고 아쉬웠던 많은 일이 줄어들겠지요.
현재의 모습도 달라져 있을 테고요.

만약 나에게 그 상상이 허락된다면
당신은
과거 어느 시간, 어느 곳에, 어느 일을 다시 하고 싶으세요?

저는 곰곰이 생각해 봤어요.
'아, 내가 학생 때 공부도 더 열심히 하고,
수행적공修行積功도 더 열심히 했더라면' 하는 아쉬움이 많이 남더군요.
하지만 지금도 늦은 건 아니죠.
오늘 나에게 주어진 이 시간을 내 삶의 마지막이라는 소중함으로 살면 되니까요.
영화 마지막에 주인공이 이렇게 말합니다.

"우린 우리 인생의 하루하루를 항상 함께 시간여행을 한다.

우리가 할 수 있는 최선은
이 멋진 여행을 즐기는 것뿐이다.”

영화 '죽은 시인의 사회'에 나오는 유명한 대사가 있죠.
"카르페 디엠 – 현재를 즐겨라”

어제는 지나간 역사이고
내일은 오지 않은 미스터리이며
오늘이야말로 나에게 주어진 선물입니다.

과거의 기분 좋은 추억을 떠올리고
미래의 기분 좋은 상상을 하고
현재 나에게 주어진 삶에 최선을 다하는 것
이것이 시간여행을 멋지게 하는 것 아닐까요?

오늘도 멋지고 행복한 시간여행 하세요.

2014. 7. 4

태풍 '너구리'가 북상하고 있다고 하네요.
곧 큰비가 내리겠지요.
"비가 오면 생각나는 그 사람"이란 노래도 있지만, 비가 오면 꼭
필요한 것이 우산이지요.

최근에 우산에 관한 감상이 있었어요.
얼마 전 비가 왔을 때, 미처 우산을 챙기지 않은 교도님 몇 분에게
교당에 있는 우산을 드렸어요.
나중에 교당 올 때 꼭 챙겨오라는 부탁의 말도 잊지 않았지요.

그런데 말이죠.
1주일이 지나고, 2주일이 지나도 우산 가져오는 분이 없더라고요.
왜냐? 그다음 교당 올 때는 비가 오지 않았으니까 말이죠.
그래서 '잃어버린 우산'이 되어 버린 겁니다.

비가 오다가 갠 날 시내버스를 타고 가다 보면 빈자리에 주인 잃
고 세워진 우산들이 던지는 쓴웃음을 읽을 때가 있어요.
비가 내릴 때는 절실히 필요하여 챙겨왔던 우산이었을 거에요. 그
런데 비가 개면 우산의 존재를 까맣게 잊어버리지요.
아마도 그 사람은 차에서 내려 제 갈 길만을 부지런히 가고 있을
것입니다.

이런 상황을 빗대어 '우산 신심信心'이라 말하기도 합니다.
내가 필요할 땐 간절히 찾다가도
꼭 필요하지 않을 땐 거들떠보지 않는 우산처럼……

모든 일이 잘 풀리고 별 탈이 없을 때에는 제 잘난 맛에 살다가 내 힘으로 안 되겠다 싶을 때에만 법신불 사은님(부처님, 하나님)이 필요한 경우 말이죠.
비가 올 때 우산도 챙겨야 하지만 우리들의 신앙심도 챙겨보면 좋겠습니다.
어떠한 환경이나 처지에도 변하지 않는 한결같은 마음 말이죠.

저는 오늘부터 1주일간 교무훈련에 들어갑니다.
교무에게 훈련은 휴식이자 반조返照, 정진精進의 시간입니다.
긴 장마기간에 건강 조심하시고요.
매일 매일 행복한 시간 되세요.

2014. 7. 10

해외교화에 열과 성을 다하시던 교무님이 원불교 중앙총부에 오셔서 스승님을 뵈었습니다.
스승님께서 "어떻게 살았냐?" 라고 물었습니다.
"네, 정말 열심히 살았습니다."
칭찬을 해주실 것으로 생각했는데, 스승님은 딱 한 마디만 던지셨습니다.

"일심一心으로 살아라."

그 말씀을 받드는 순간 교무님은 몸이 떨리면서 벅찬 감동을 받았다고 합니다.
한문의 뜨거울 열熱 자가 의미하는 것처럼 그 교무님께서는 어렵고 간고한 해외교화의 현장에서 옆도 뒤도 돌아보지 않고, 심지어 자신의 몸도 제대로 돌보지 않고 정말 열심히 사셨을 겁니다.

우리에게도 열심히 해야 할 일들이 참으로 많지요.
학생은 공부를, 직장인은 자기에게 주어진 업무를, 사업하는 사람은 회사의 발전과 성공을 위해 열심히 일하죠.
이렇게 열심히 살면 그에 따른 성과도 나타나고 당연히 주위로부터 인정도 받게 되지요.

그런데 말이죠.

자칫 잘못하면 열심히 산다는 것이 욕심으로 살 수 있어요.

그래서 마침내는 일을 그르치고, 사람을 잃고, 몸과 마음에 큰 상처를 입기도 합니다.
그렇다면 '열심'이 아닌 '일심'으로 산다는 것은 무엇일까요?

빈 마음
여유로운 마음
고요하고 평화로운 마음
상 없는 마음
진실한 마음
정성스러운 마음
하되 한 바가 없는 마음으로 사는 것입니다.

비록 성과가 바로 나타나지 않는다 하더라도 실망하지 않고, 설령 누가 알아주지 않는다 하더라도 서운해하지 않고, 묵묵히 내 할 일을 기쁨으로 할 뿐입니다.
열심을 넘어서 일심으로 사는 것. 우리에게 꼭 필요한 삶의 지혜가 아닐까요?
이 말을 요즘 성적으로 고민하는 사랑하는 아들에게 꼭 해주고 싶네요.

"원준아, 일심으로 공부하자."

2014. 7. 18

지난 월요일이 아내(정토)의 생일이었어요.
모처럼 제가 맘먹고 아내의 생일 미역국을 끓였지요.
그런대로 맛이 괜찮았는지 아내가 맛있다며 두 그릇을 먹더라고요.

그날 저녁 모처럼 가족끼리 외식을 했어요.
생일이니 선물이 빠질 순 없잖아요. 저는 저녁식사를 내기로 하고, 혹시 서운해 할까봐 손목용 액세서리 108염주를 선물했어요.
나중에 꼼꼼히 세어보니 109개라고 하기에 108번뇌를 뛰어넘으라는 의미라고 설명해 주었지요.

큰아들 원준이는 이어폰을 선물했어요. 출퇴근 시간에 좋은 음악을 들으라면서요.
그런데 말이죠.
생일날 아침에 제 엄마에게 이번 달 용돈을 달라고 조르더라고요.
뻔하다 뭐. 생일선물 사려고 그랬나 했죠. ㅎㅎㅎ

이제 시선은 작은아들 원빈이에게 갔어요.
"원빈아, 너는 선물 준비한 것 없니?"
크게 기대하지는 않았지만, 혹시 하며 물었지요.
특유의 수줍은 표정을 지으면서 "나~" 하는 거예요.
처음엔 무슨 말인가 했어요.

"내가 선물이야."
"그래 맞다. 엄마에겐 네가 선물이다."
"여보, 당신이 오늘 최고의 생일 선물을 받았네요."

원빈이의 장난기 섞인 재치에 한바탕 크게 웃었지요.
이 한마디 말에 특별한 생일선물을 준비하지 않은 원빈이의 모든
죄(?)가 용서되었어요.

그래요. 원빈이 뿐만 아니라 원준이, 그리고 우리 가족은 서로에
게 큰 선물이죠. 그 어떤 선물과도 바꿀 수 없는 보물과도 같죠.
잠시 생각해 봅니다.
나는 내 가족과 주위 인연들과의 만남을 최고의 선물로 생각하고
있는가?
있다는 것, 함께 한다는 것, 그 자체만으로 행복한가?
그리고 또 하나,
원불교를 만난 것이 내 생에 최고의 선물로 생각하고 있는가?

오늘은 넓고 푸르른 바다이고 싶습니다.
그래서 모두를
사랑으로 꼭 안아주고 싶습니다.

맞이하는 주말도 소중한 가족들을
내 생에 최고의 선물로 생각하며 행복하세요.

2014. 7. 25

며칠 전에 휴대폰 배터리를 잃어버렸어요.
두개로 번갈아 사용하다 하나가 없어지니 당장 불편함이 생기더
군요. 두개일 때는 하나는 미리 충전해 두었다가 방전되면 새로
갈아 끼우고, 다시 충전하는 시스템이라 좀 여유가 있었지요.

그런데 지금은 그 여유가 없어진 겁니다.
배터리 하나로 하루를 버티기엔 요즘 저의 휴대폰 사용시간이 늘
어만 갑니다.
꼭 필요할 때 방전되면 어쩌나 하는 불안감이 있습니다.
마치 자동차에 있어야 할 스페어타이어가 없는 것처럼 말입니다.

휴대폰 배터리 충전을 경험하면서 인생의 배터리를 생각하게 됩
니다.
기계도 기름을 쳐주어야 하고 자동차도 먼 길을 가기 위해선 연
료를 충분히 넣어주어야 하듯이, 우리 삶을 잘 운전하기 위해서는
인생의 배터리도 충분히 충전되어야겠지요.

아침저녁에는 수양시간을 통해서 최소한 일주일에 한 번씩은 교
당에 와서 법의 훈련과 훈증을 받는 것도 그 방법이겠지요.
또 가끔은 모든 것에서 벗어나 나를 놓고 나를 찾는 훈련을 통해
인생의 긴 여정에 필요한 재충전을 해야 합니다.
또 하나 잊지 말아야 할 것은 꾸준히 몸 단련을 통해 건강을 유지

하는 것도 중요하지요.

그런데 진짜 중요한 것은 '무한동력'을 얻는 거예요.
방전되지 않는, 지치지 않는, 에너지 넘치는 삶 말입니다.
이 무한동력은 딱 한번만 충전하면 언제 어디서나 내 삶의 에너지를 끊임없이 공급받을 수 있지요.
그 무한동력은 견성見性, 즉 성품자리를 깨치는 것입니다.

그리고 꼭 유념해야 할 사항이 있습니다.
혹 나의 일생이 방전되는 때를 대비해서 여유분의 배터리 충전율은 반드시 확보해야 한다는 것을요.
생사生死 준비가 그것입니다.
지난 삶을 정리하고, 다음 생을 준비하는 데 필요한 에너지는 꼭 남겨 두세요.

이번 주는 휴가법회입니다.
여행과 휴식을 통해 삶을 가득 충전하는 시간되시길 기원합니다.
행복한 휴가 보내세요.

2014. 8. 1

원만이의 편지 | 마음 클리너

지난 휴가 때 가족 나들이로 경기도 가평에 위치한 '아침고요수목
원'을 다녀왔어요.
태풍 '나크리'가 기승을 부릴까 걱정했는데, 그날은 하늘에 구름
커튼이 쭉 둘러 씌워졌을 뿐 선선한 기온과 맑은 하늘로 시야가
너무나 깨끗했지요.

주변으로부터 그곳이 좋다는 말은 자주 들었어요.
가서 보니 참 좋더군요.
여러 테마로 구성된 정원은 꽃 한 송이, 나무 한 그루, 돌멩이 하
나에도 온갖 정성이 담겨있었어요.

아름다운 꽃과 나무도 좋았지만 제가 가장 맘에 들었던 것은 넓은
대청마루였어요.
고즈넉한 한옥의 대청마루는 2~30명이 누워 쉴 수 있는 넉넉한
품을 가지고 있었지요.

신발을 벗고 마룻바닥에 그냥 벌러덩 드러누웠지요.
그러고선 두 눈을 감고 호흡을 천천히 자연스럽게 했어요.
이내 마음에 평화가 깃들고 불어오는 산바람이 머리를 상쾌하게
해주었어요.
'아, 좋다. 무릉도원이 따로 없구나.'
내가 바로 신선神仙이 되더군요.

'아침고요 수목원'

멀리 차를 타고 찾아갈 것이 아니라 나의 일상에서 이런 수목원을
자주 찾아가면 어떨까요?
번잡한 생활에서 벗어나 아침고요와 매일 마주할 수 있다면 우리
삶이 더욱 여유가 있고 행복한 삶이 될 것 같아요.

눈을 감고
'아침고요, 아침고요, 아침고요'를 계속 되내어 보세요.
아침의 맑고 고요한 청순함 그대로를 맞이할 수 있을 거예요.

가느다란 바람이 불어오고
계곡의 물소리가 살포시 들리고
산새들의 지저귐이
수목원에 울려 퍼집니다.

2014. 8. 8

원만이의 편지 | 마음 클리너

한국영화의 각종 신기록을 갈아치우고 있는 영화 '명량'을 보았습니다.

오늘까지 1,300만 명이라고 하니 가히 폭발적인 인기입니다.

감동적인 대사가 많지만 제가 뽑은 명대사는
"두려움을 용기로 바꿀 수 있다면"입니다.

칠천량 해전에서 수많은 병사가 죽었고 거북선도 없이 겨우 남은 12척의 배, 그야말로 바람 앞의 등불이지요.

백이면 백 다 승산 없는 무모한 싸움이라 했겠지요.

극도의 두려움은 군졸과 부하 장수뿐 아니라 이순신 장군도 마찬가지였을 것입니다.

절체절명의 위기였으니까요.

두려움과 용기는 상반된 상황이죠.

그런데 말이죠.

두려움을 용기로 바꾸는 위대한 반전, 그 힘의 원천은 역설적으로 두려움에 있다는 것입니다.

만약 두려움이 용기가 되면 그 용기는 몇 배가 됩니다.

극한 상황에서 단련된 용기이기 때문이죠.

우리 삶에서 어려운 일을 당하거나 큰일을 앞두고 두려움이 밀려오는 것은 당연한 일입니다.

이때 중요한 것은 두려움 내려놓기를 해야 한다는 것이죠.
그 두려움을 놓는 방법은 무엇일까요?

내 안의 욕망을 놓는 것입니다.
살고자 하는 욕망이 두려움을 낳죠.
'생즉사生卽死, 사즉생死卽生'
"살고자 하면 죽을 것이요, 죽고자 하면 살 것이다."

더는 잃을 게 없는 초연함
죽음마저도 두려워하지 않는 텅 빈 마음에서
공포는 사라지고 새로운 용기는 시작됩니다.
그 용기는 '믿음'에서 나옵니다.
이순신 장군이 보여준 헌신과 솔선수범의 모습이 그 믿음의 원천
인 게지요.

오는 8월 21일은 원불교 '법인절法認節'입니다.
죽어도 여한 없는 '사무여한死無餘恨'의 정신이
하늘의 감응을 얻어 백지혈인白紙血印의 이적으로 나타났지요.
법계인증法界認證의 거룩한 성사를 이룬 겁니다.

새로운 용기와 희망으로 멋진 한주 되세요.

2014. 8. 15

: 　　1년, 그리고⋯⋯.

오늘로써 원만이의 편지가 딱 1년이 되었네요.

원만이의 편지는
소중한 법연들과 소통하고자 시작하였지요.
만나서 정담과 법담을 함께 나누면 더욱 좋겠지만
카톡을 통해서라도 마음을 연할 수 있어 저는 행복했습니다.

처음엔 짧은 편지를 보냈고, 격주로 유머를 전달하기도 했지요.
그런데 유머는 곧 바닥이 나더라고요.
그래서 저의 일상에서 보고 느낀 감각감상 위주로 편지를 쓰게 되
었지요. 그러다 보니 편지의 분량도 늘어나게 되었고요.
제가 직접 보내는 편지는 약 250통 정도 되고요.
재 배달하는 편지를 합하면 대략 400통 정도가 되는 것 같아요.
참 소중한 인연들이고, 감사한 인연들이기도 합니다.

솔직히 저의 편지는 일방적일 수도 있어요.
상대방이 원하든 원치 않든 여기저기 막 그냥 보내거든요.
사실 편지를 보내고 난 뒤 답장도 5% 정도입니다.
어쩌면 이 5%의 답장이 이 편지를 계속 쓸 힘이 되고 있는 줄도
모릅니다.
이 자리를 빌려 한 번도 빠짐 없이 답장을 주는 분들께 깊이 감사

드립니다.

답장을 바로 주진 않아도 오랜만에 만나서
"교무님, 편지 잘 읽고 있어요."
이 말씀을 전해 올 때면 저에겐 크나큰 기쁨이 됩니다.
기분 업up이 되지요.

원만이의 편지는 누구를 위해 쓰는 편지가 아니라 저 자신에게 보내는 편지이기도 합니다.
이 편지를 쓰고부터 저에겐 보고 듣고 생각하는 것이 공부심으로 일관되는 기쁨이 있습니다.
마음을 더 챙기게 되고, 깊은 사색을 통해 연마하고 궁굴리는 재미가 쏠쏠합니다.

그래서 오늘도 기쁜 마음으로 이 편지를 씁니다.
앞으로 원만이의 편지는 100, 200, …… 이 되겠지요.
앞으로도 저의 편지가 잘 배달될 수 있도록 응원의 메시지 부탁할게요.

2014. 8. 22

교당의 정다운 도반들과 설악산을 가기로 했어요.
처음엔 좀 망설였지요.
오랜만에 대청봉을 올라가는 거라 체력도 걱정되고 일기예보를
보니 비도 온다고 하더군요.

지금까지 대청봉은 두번 올랐어요.
그런데, 그때가 대략 20년 전이니 겁이 날 수밖에요.
최소한 다른 분들에게 민폐는 끼치지 말아야겠기에 1주일 전부터
체력훈련을 나름대로 했지요.
등산화도 빨아놓고, 배낭도 챙기고, 이것저것 하나씩 준비를 했
어요.

내일이면(25일) 드디어 설악산에 가는 날, 약간의 설렘도 있었
지요.
그런데 말이죠.
아, 이 무슨 운명의 장난이란 말인가요!
교당에 초상이 났지 뭐에요. 에고고 헉.

교당은 초상나면 비상상태에 돌입하게 되죠.
열일을 제쳐놓고 장례의식에 매달리는 것이 초상을 당해서 교무
가 하는 일이지요.

어떤 교무님은 해외여행 차 공항에서 비행기를 기다리다가 모든 일정 취소하고 초상을 치렀다는 얘기도 있지요.

설악산에 갈 덕이 부족한 건지, 아님 돌아가신 분이 나를 필요로 했던 건지는 잘 모르지만 아무튼 이번 일을 경험하면서
'아, 맘먹은 대로 다 되는 게 아니구나.' 이런 감상을 얻게 되었지요.

맘먹은 대로 다 되면 얼마나 좋겠어요.
그런데 그게 어렵잖아요.
아무리 좋은 생각을 하고 착한 마음을 냈다하더라도 맘대로 다 실행되지는 않습니다.

내 마음인데 내 맘대로도 안 되지요.
그 이유는 습관과 업력 때문이기도 하고요.
진리의 뜻이 있을 수도 있고, 또한 내가 지은 업이 작용하기도 하지요. 인과적으로 보면 다 내가 짓고 내가 받는 것이니까요.

맘먹은 대로 다 되긴 어렵겠지만 그나마 내 마음의 힘이 세지면 이루어지는 일도 많을 거예요.
그 마음의 힘은 깊은 수양을 통해 얻어지고, 지혜를 밝혀 얻어지고, 좋은 공덕을 많이 쌓아서 얻어지겠지요.
인생사 다 맘대로 되지는 않겠지만 이렇게 마음의 힘을 쌓아가다 보면 우리가 얻는 행복의 개수도 많아지겠지요.

제멋대로는 아니고
맘먹은 대로, 원하는 대로
이루시는 행복한 공부인 되세요.

2014. 8. 29

수요영화법회에서 상영된 영화 '타인의 삶(Das Leben Der Andern)'은 독일영화로 2007아카데미 최우수 외국어 영화상을 수상하는 등 작품성이 뛰어난 영화입니다.

줄거리를 간단히 소개하면,
비밀경찰 비즐러는 동독 최고의 극작가 드라이만과 그의 애인이자 인기 여배우 크리스타를 감시하는 중대 임무를 맡게 됩니다.
그런데 냉혈인간이었던 비즐러는 오히려 드라이만과 크리스타의 삶으로 인해 감동받고 사랑을 느끼며 이전의 삶과는 달리 인간적인 모습으로 변화합니다.
그 뒤 비즐러는 감시자에서 두 사람을 돕는 조력자가 되지요.
타인의 삶을 바라보다가 타인을 위한 삶으로 변화한 것입니다.

이 영화의 핵심 키워드는 '변화'입니다.
타인의 삶, 다른 사람의 진정성과 순수한 삶의 모습을 보고 변화합니다.
그 변화를 가능케 하는 힘은 '진정', '순수' 즉 인간의 마음입니다.

마음이 변하면 모든 것은 이에 따라 변화합니다.
이렇게
너와 나, 우리는 서로를 변화시킬 수 있는
위대한 마음의 힘이 있습니다.

다른 사람을 통해 내가 변화되고 나로 인해 그 누군가가 변화된다면 우리들의 삶은 나만의 삶이 아니며,
또한 너만의 삶도 아닌 공동의 삶이 됩니다.
따라서 나의 한마디 한 행동에는 큰 책임이 따르게 되지요.
결코 혼자가 아닙니다.
나만의 삶이 아니라 함께 만들어가는 공동운명체 같은 것입니다.

원불교에서는 서로 상생할 수 있는 비법으로 '자리이타自利利他의 도'를 가르칩니다.
이기주의가 팽배한 요즘 사회에서, 나도 이롭고 상대방도 이로운 win-win의 지혜가 꼭 필요하지요.

민족고유의 명절 추석을 맞아 서로 이해하고 서로 돕는 상생의 대한민국을 기원해 봅니다.
한가위의 둥그런 보름달과 함께 즐거운 추석 명절 보내세요.

2014. 9. 5

추석 명절을 잘 보내고 귀경길에 올랐지요.
시동을 걸고 차를 출발하려는 순간 옆 좌석에 앉아있던 아내(정토)가 갑자기 어젯밤 나쁜 꿈을 꾸었다는 거예요. 허~얼.

'왜 운전하는 사람 앞에서 나쁜 꿈 얘기를 하는 거야.
나도 간밤에 꿈자리가 뒤숭숭했는데……'

속으로 혼자 투덜대었지요.
저도 누군가에게 계속 쫓기는 꿈을 꾸었거든요.
정토의 꿈 얘기를 애써 외면했어요.
부안에서 서울까지 5~6시간 정도는 운전해야 하는데 출발부터 불길한 예감을 갖는 것이 무척 싫었거든요.

순간적으로 여러 생각이 오갔어요.
'꿈은 반대라고 하니까 좋게 생각하자.'
'그래, 미리 조심하라는 사은님의 무언의 메시지야.'
'그래도 내가 교무인데 그런 꿈에 노예가 될 필요가 없어.'
최종결론은 '법신불 사은님을 믿고 다른 때보다 더 조심하자.' 이었습니다.
그날은 평상시보다 더 간절히 심고를 모시고 출발했지요.

꿈은 인간의 길흉화복吉凶禍福을 예시하거나 또는 잠재의식의 표

출로 보기도 합니다.

우리는 길몽, 흉몽, 태몽, 현몽 등 다양한 꿈을 꿉니다.

이러한 꿈들에 대해 여러 해석이 있겠지만, 기왕이면 모든 꿈이 길몽이면 좋겠어요.

꿈속에서나마, 아니 꿈속에서도 행복하면 좋겠습니다.

그렇다고 나의 운명을 꿈에 맡길 순 없겠지요.

꿈도 나의 무의식과 현실의 반영이라고 볼 때 꿈 또한 현실과 크게 동떨어진 게 아닐 테니까 말이죠.

기쁘고 즐겁고 행복하게 살면 꿈도 그런 꿈을 꿀 터이고요.

원망과 짜증과 불행하게 살면 꿈도 그렇게 꾸겠지요.

누구나 꿈을 꾸지만, 항상 꿈을 꾸는 것은 아닙니다.

꿈도 없이 깊이 잠든 상태야말로 최고의 휴식이자 한 생각이 나기 이전의 본래 자리에 합일하는 거죠.

길몽도 흉몽도 아닌 꿈도 없이 깊이 잠든 우리들의 꿈자리가 되면 좋겠습니다.

다행히 그날 저는 아무런 사고 없이 무사히 귀경했네요.

나의 모든 일상이 경거망동하지 않고

경외심(공경과 두려워하는 마음)으로 살아야겠다는 것이

꿈자리에 얻은 저의 다짐이었습니다.

2014. 9. 12

청년들과 대학로를 걷다가
우연히 동숭교회에 걸려있는 현수막을 보았어요.
0+1=100

도대체 무슨 뜻이지?
보통 1+1=2가 아닌 그 이상의 숫자가 된다는 수식을 접해봤지만
'이 수식은 도대체 뭐~지?'

그런데 그 수식의 비밀은 바로 알 수 있었어요.
현수막 아래 작은 글씨로 써 있더군요.

나는 아무것도 아닐지라도(0)
하나님 한 분만 계신다면(1)
완전한 것입니다.(100)

어떻게 저런 기발한 생각을 할 수 있을까,
잠시 생각하다가
이 수식을 원불교식으로 바꿔보았어요.

일원상과(○)
하나가 되면(1)

모두가 부처입니다.(100)

일원상은 제로(0)가 아닌
텅 비어있음입니다.

텅 빈 일원상으로
경계, 경계를 대하다 보면
그게 바로 부처님의 마음이고, 부처님의 행이 되지요.

원만구족하고
지공무사한
완전한 부처님의 모습입니다.

그런데
내가 주장이 되어(1)
경계, 경계를 무시하면(0)
결국 아무것도 아닌 게 되겠지요.(-100)

내가 만드는 또 하나의 수식.
일원상과(○) 하나님은(1)
완전한 것입니다.(100)
일원상과 하나님은 결국 하나이죠.

그래요.

우리들의 일상에서도
일원상을 만나고 하나님을 영접하면 좋겠어요.

그렇게 되면 우리들의 삶이 기쁨으로 가득차고 행복으로 충만할
것 같아요.

매 순간 ○+1=100
텅 빈 충만이 되는
행복한 삶을 기원합니다.

2014. 9. 19

혜화역에서 우연히 재가 수행자가 쓴 글귀를 보았어요.

"화가 나서
한번 치받으려다
생각합니다.
이렇게 하면… 행복할까?"

어떠세요.
당신은
화와 행복을 바꾸시겠습니까?

살다 보면 때론 화가 날 때가 있어요.
화내지 않고 살려고 해도 그게 어디 쉽나요.
특히 화가 크게 날 경우에 그 감정을 누그러트린다는 것은 쉽지
않은 일이지요. 화의 노예가 되어 사정없이 마구 해치우지요.

왜 화가 날까요?
그 근본을 찾아 들어가 보면 크게 두 가지인 것 같아요.

하나는 나의 욕심이 채워지지 않을 때입니다.
자신에게 화가 나는 때가 있죠.
이때는 욕심이 채워지지 않을 때인데요.

욕심이 꼭 물질적 탐욕만을 말하진 않죠.

하고자 하는 것, 이루고자 하는 것, 모든 것이 이에 속하죠.

둘은 자존심에 상처를 입었을 경우인 것 같아요.

이것도 욕심과 관련이 있기는 한데요.

누군가로부터 무시를 당하거나 치열한 경쟁에서 질 경우 그렇게 되지요.

화, 성냄이 위험한 것은 그 화로 인해 나 자신을 파괴할 뿐만 아니라 다른 사람을 해치게 된다는 거예요.

공자님께서도 불천노不遷怒; 성냄을 옮기지 말라고 하셨죠.

오죽 위험했으면 삼독심三毒心 중 하나이겠어요.

그렇다면 화를 어떻게 다스릴까요?

화를 다스리는 첫 출발이자 근본치료는 화나기 이전 나, 자신의 본래 모습이 공적(텅 비어 고요함)하다는 것을 깨달아야 할 것 같아요. 그리고 화의 근원인 욕심을 줄이거나 그런 상황이 올 경우 담담하게 해야 할 것 같아요.

소태산 대종사님께서는 우리의 마음은 원래 요란함(화)이 없는데, 상황과 형편에 따라 요란함(화)이 나게 되는데, 그 요란함(화)을 없게 하는 방법으로 우리의 본래 마음이 텅 비어 고요함을 바로 세우자고 하셨지요.

원만이의 편지 | 마음 클리너

본래 마음을 깨달아 청정한 마음으로 사는 공부인 되길 기원합니다.

2014. 9. 26

이번 주에 작은 애가(중1) 중간고사를 보았어요.
나중에 결과가 어떻건 간에 이번 시험엔 스스로 공부하려는 모습
이 참 대견했어요. 1학기 땐 영 아니었거든요.

첫날 시험이 끝나고 집에 온 아이에게 조심스럽게 물었지요.
"시험은 잘 봤어?"
"영어가 어려웠어요."
"너만 어려웠겠니. 다른 애들도 다 어려웠을 거야."

학생시절에 공부가 다는 아니지만 공부 잘하는 것을 싫어할 부모
는 없을거예요. 한창 뛰어놀아야 할 시기에 공부에 매달린다는 것
이 안타깝고 애처롭지만, 한국의 현실이 그렇잖아요. 애들도 안됐
지만, 부모들도 못 할 짓입니다.

시험 얘기를 더 해보죠.
시험을 보다보면 쉬운 과목과 어려운 과목이 있고, 쉬운 문제와
어려운 문제가 있지요. 대체로 중요과목은 어렵고, 점수 배점이
높은 문제가 어렵지요.

우리 인생도 그렇지 않을까요?
삶이라는 게 시험의 연속이지요.
한고비 한고비 새로운 경계와 시험이 눈앞에 닥치게 돼요.

쉽고 가볍게 지나가는 일도 있고 힘들고 어렵게 고전하는 일도 있지요.

그런데, 분명한 것은 힘들고 어려운 일들은 그만큼의 보상이 따른다는 겁니다.
소태산 대종사님께서도
"수도인에게도 법위가 높아질 때나 불지佛地에 오를 때에는 순경 역경을 통하여 여러 가지로 시험이 있다."고 하셨죠.

시험.
좋아하는 사람은 없겠지만 피할 수 없다면 즐겨야죠.
시험 준비가 잘 된 사람은 시험이 기다려진다고 하죠.
실력을 테스트하는 기회이고 실력향상을 꾀할 수 있으니 말이죠.
이왕 보는 시험이라면 고득점을 맞아야겠죠.

나에게 어떤 시험이 왔을 때 피하거나 두려워해서는 안 될 것 같아요.
당당히 맞서보는 거죠.
향상하고 더 큰 세계로 나아가기 위해서는 시험통과가 필수적이니까요.

시험에 들지 않기를 바라는 것보다 평소에 시험 준비를 잘해서 다가오는 온갖 시험에 무사 통과하는 기쁨을 누리시길 기원합니다.

가을이 노랗게 익어갑니다.
행복하세요.

2014.10.4

셋

내
삶의
쉼표

요즘 저에겐 걷는 즐거움이 있습니다.
그중 최고는 창경궁 산책이지요.
특히 요즘 가을색이 물들어가는 풍경을 보면서 내딛는 발걸음은
신선놀음 그 자체입니다.

보통 저는 지하철 또는 버스를 타기 위해 걷습니다.
바삐 걷기도 하고, 때론 느긋한 걸음일 때도 있지요.
걷는 거리가 짧든 길든 간에 걷는 내내 감사하고 행복합니다.
왜냐하면 마음을 챙기어 걷기 때문입니다.

걷기도 바쁜데, 무슨 마음을 챙기냐고요?
걷는데도 마음을 챙겨야 합니다.
그래야 행복한 걸음을 걸을 수 있지요.

걸으면서 어떻게 마음을 챙길까요?

텅 빈 마음으로
"마음엔 평화, 얼굴엔 미소"를 떠올려 보세요.

방법은
걷기 전에 "마음엔 평화, 얼굴엔 미소"를 몇 번 되뇌어 보고 그러
한 마음으로 걸음을 옮기는 겁니다.

그다음엔 걸으면서도 마음엔 평화가 깃들고, 얼굴엔 미소가 그려
지도록 해보는 겁니다.

여유가 생기고 왠지 모를 기쁨이 찾아옵니다.
마치 신선이 구름 위를 나는 듯 사뿐하고 가뿐한 걸음이 되지요.

걷는다는 것은 대부분 목적지를 향한 발걸음입니다.
그런데, 걷는 것 자체를 목적으로 삼아보면 어떨까요?
걷는 것에서 행복을 찾는 거지요. 그렇게 되면 우리의 걸음이 행
선行禪이 되고 선보禪步가 될 것입니다.

소태산 대종사님께서는 앉아서만 선禪을 하는 것이 아니라
서서도 선을 할 수 있어야 하고
걸으면서도 선을 할 수 있어야 참다운 선禪이라 하셨지요.

무언가에 쫓기어 옮기는 발걸음이 아니라 여유로운 발걸음이 되
면 좋겠습니다.
앞만 보고 바삐 걷는 걸음이 아니라 가끔은 옆도 뒤도 돌아보면서
걷는 걸음이면 좋겠습니다.
자신의 마음도 항상 살피면서 말이죠.

오늘은 "마음엔 평화, 얼굴엔 미소"를 생각하면서
행복한 발걸음을 옮겨보세요.

2014. 10. 10

가을은 축제의 계절이지요.
곳곳에서 축제가 한창입니다.
제가 사는 이곳 혜화동 대학로 거리에도 축제가 풍성합니다.

며칠 전에는 마로니에 공원을 걷다가 야외공연장에서 흘러나오는
음악에 끌려 잠시 발길을 멈추었지요.
가끔 한 번씩 이렇게 길거리 공연을 구경하는 것도 대학로 근처에
사는 사람의 특권이지요.

그날은 춤 공연이 있었는데요.
빠른 비트 음악에 현란한 브레이크 댄스로 신나는 춤판이 벌어졌
어요. 먼발치서 구경만 했는데도 절로 기분이 좋아지고 몸 또한
저절로 반응하더군요. 더 신명났던 것은 공연자와 관객이 한데 어
우러져 한바탕 춤판을 벌인 것이지요.
가을 축제를 보면서 우리들의 일상도 단조로움에서 벗어나 신나
는 축제가 되면 좋겠다는 생각을 해봅니다.

축제는 혼자 할 수 없잖아요?
함께 즐기는 것이잖아요.
어떻게 축제를 즐길까요?

가끔 한 번씩은 소중한 인연들과 만나 함께 즐겁게 기쁨을 나누면

그게 축제가 아닐까요?
고마움, 기쁨, 웃음, 즐거움, 사랑과 은혜가 함께 한다면
꼭 춤과 노래가 없어도
꼭 술과 음식이 없어도 한판 축제가 벌어질 것 같은데요.

더 큰 욕심을 부려본다면
일상을 축제처럼 산다면 그 사람은 참 멋진 삶을 산다고 봐야죠.
오늘 아침 식탁에 올려진 밥과 국, 그리고 여러 반찬을 보면서 '밥
상에도 한바탕 축제가 열렸구나.' 하는 감상을 얻었어요.

나의 일상 속에서
내 몸의 모든 세포가 기쁨의 춤을 추고
나의 오감이 기쁨의 노래를 부르는 그런 즐거운 상상을 해봅니다.

축제festival!!!
즐길 준비 되셨나요?

Let's go!

2014. 10. 17

전무출신역량개발 교육이 있어 익산총부에 다녀왔어요.
2박 3일의 긴 시간을 머물렀지요.

반가운 인연들도 만나고 도량 곳곳을 거닐면서 그 정취에 흠뻑 젖었지요. 가을색이 완연한 총부의 가을은 참 아름다웠습니다.

출가 후 19년간 익산을 떠나지 않았었는데, 이제 서울에 살다 보니 익산총부가 더욱 그리워집니다.
있을 땐 몰랐는데 떠나보니 그 소중함을 알겠다는 말이 딱 그렇더군요. 성탑 가는 길에 자연스레 성가 159장 "총부를 찾아가리"를 마음속으로 불러봅니다.

우리 님 대자대비 그 목소리
솔바람 달빛 속에 메아리 쳐오네
임께서 거니시던 마음의 고향
찾아가리. 찾아가리. 총부를 찾아가리.

아침저녁 시방삼세 울려 퍼지는
종소리 목탁소리 염불소리 노랫소리
만 중생 업장 녹는 마음의 고향
찾아가리. 찾아가리. 총부를 찾아가리.

총부 모습 그대로가 이 성가에 담겨있지요.

혹 익산총부를 순례하게 되면 잠깐 휙 둘러보는 그런 순례가 아니라 최소 하룻밤을 묵으면서 종소리, 목탁소리, 염불소리, 노래 소리도 들어보면 좋겠어요.

더하여 성탑 뒤 솔숲을 거닐면서
몸과 마음으로 총부를 한껏 느껴보면 어떨까요?

오래전부터 이런 이야기가 전해 내려오지요.
"총부의 하늘 위를 나는 새도 제도를 받는다."
성스러운 성자의 기운이 어리어 있고, 맑은 정신과 높은 기상을 가진 수선대중修禪大衆이 있는 총부이니 만중생의 업장業障이 녹아지겠지요. 그래서 총부의 나무 한 그루 돌멩이 하나도 다 성스럽게 느껴집니다.

익산총부!
저에겐 그리운 마음의 고향입니다.
원불교인 모두의 마음의 고향입니다.

그리움이 사무치는 이 가을
그리운 이를 더욱 그리워하는
진한 가을, 아름다운 계절이면 좋겠습니다.

은행잎이 노랗게 물들고 있습니다.
오늘도 가을을 맘껏 즐기면서 행복하세요.

2014. 10. 24

어제는 제가 근무하는 원남교당 감 수확이 있었어요.
뭐, 수확이란 표현은 좀 거창하고 소박하게 '감 따기' 정도였죠.
햇살과 비와 바람 등 자연이 키워준 무공해 단감이 교당 앞과 뒤
뜰에 풍성하게 열렸지요. 스스로 잘 자라준 감들이 참 대견하고
감사했어요.

연장이 문제인지, 아니면 기술의 문제였는지 잘 모르지만 땅바닥
에 바로 곤두박질치는 녀석들도 꽤 나왔지요. 다소 아깝기도 하
고, 잘 자라준 녀석들에게 고공낙하를 시켰으니 미안하기도 했지
요. 그 감들은 지나가던 야쿠르트 아줌마 손에 한 봉지 쥐어드리
는 선심으로 쓰였답니다.

처음엔 감 따는 재미가 쏠쏠했는데 좀 시간이 지나니 점차 노동이
되어 가더군요. 낮은 곳이야 손쉽게 딸 수 있었지만 높은 곳의 감
따기는 여간 힘든 게 아니었어요.
먹기에 맛있고, 보기에 때깔 좋은 감이지만 시장에 나와 있는 단
감이나 홍시가 누군가의 땀과 노력과 정성이 묻어있는 노동의 결
과라고 생각하니 우리들의 감 따기는 그저 낭만에 밥 말아 먹는
놀이 정도이지요.

제에겐 감 따기에 관한 오래전 추억이 있어요.
솔직히 말하면 '감 따기'가 아니라 '감 따 먹기'였죠.

원불교학과 학생 때의 추억인데요. 홍시가 되어가는 이 맘 때 기숙사로 돌아가는 하굣길에 우리를 유혹하는 것이 있었으니 그것은 총부 대각전大覺殿 홍시였어요.

그 감은 대봉시로 크기도 크려니와 맛도 일품이었지요.
대각전 옆 화장실 뒤편에 숨겨놓은 대나무 장대를 이용해서 홍시를 따곤 하였는데 맛도 맛이지만, 누군가에게 들킬까봐 가슴 졸이며 따먹던 그 긴장감이란……

당시 총부에는 감도 공중의 물건이니 함부로 따서는 안 된다는 엄격함이 있었지요. 그런데 할 수 없죠. 맛있는 홍시가 빨갛게 유혹하는데 한두 개쯤은 스승님들도 애교로 눈감아 주실 꺼라 생각했었죠. 맛있게 먹었으니 공부를 더 열심히 해서 보은하는 수밖에요. 가끔 익산총부 대각전을 갈 때면 어김없이 그 감나무를 쳐다보곤 하죠. 그 시절 추억을 회상하면서 말이죠.

"농부가 봄에 씨 뿌리지 아니하면 가을에 거둘 것이 없나니
이것이 인과의 원칙이라, 어찌 농사에만 한한 일이리요."
『대종경』인과품 17장 말씀입니다.

이맘때쯤 우리들의 마음농사도 살펴보면 좋겠어요. 마음씨를 잘 뿌리고, 잘 가꾸고 있는지 말이죠.
오늘은 10월의 마지막 날이네요. 이용의 "잊혀진 계절" 노래 들으면서 추억의 책갈피를 넘겨보는 행복한 시간 만들어 보면 어떨까요?

"지금도 기억하고 있어요. 시월의 마지막 밤을~~"

2014. 10. 31

창경궁을 산책하다 잠시 벤치에 앉았습니다.
시끌짝 들려오는 사람들 소리 사이로 나뭇잎 떨어지는 소리도 함께 들렸습니다.
"사그르, 사그르."
빙그레 춤을 추며 떨어지는 낙엽이 마치 보슬비 내리는 것 같았어요. 땅바닥에 뒹구는 낙엽의 소리 또한 낭만적이더군요.

"낙엽 엔딩"
이렇게 멋있는 표현이 있다는 걸 교당 간사 효빈이를 통해 알았습니다. 효빈이의 수행일기 제목이 "낙엽 엔딩"이었거든요. 제목만 보고 "야, 멋있는데." 했답니다.
그런데 정작 일기 내용은 안쓰러움이 묻어 있더군요.
떨어지는 낙엽 때문에 하루에도 몇 번씩 낙엽을 쓸어야만 하는 남모를 고충이 있었습니다.

낙엽을 낭만적으로만 바라보는 제가 좀 미안했습니다.
다른 누군가는 그 낙엽을 치워야 하는 일감이 된다는 사실을 잠시 잊은 거지요. 혹시 모르죠. 그분도 멋진 낭만의 시를 쓰고 있을 지도요.

잠시 장범준의 '낙엽엔딩' 노래가 듣고 싶더군요.
"그대는 모르겠지만

이 몸은 낙엽이 되어
시들지 않는 꽃잎이 되어 오늘도 너를 찾아요."

낙엽으로 끝이 아니라 새로운 꽃으로 다시 피어나겠지요.
자연의 순환을 생각하게 하는 멋진 가사네요.

50대 중반의 여자 교무님께서 낙엽을 보면서
"자신의 인생도 가을 같다." 라는 감상을 말씀하시더군요.
제가 그랬죠.
"교무님은 이제 막 가을의 문턱이세요."

법륜스님의 『인생수업』 책을 보면
"잘 물든 단풍은 봄꽃보다 아름답다."고 했죠.
인생의 가을에 다다라 나는 어떤 빛깔로 물들일까요?
저도 가을이 멀지 않은 듯하여 바쁜 마음입니다.

"낙엽엔딩"

단풍으로 시작된 가을이 낙엽으로 깊어갑니다.
낙엽을 살포시 밟으며
가을 속으로 걸어가는 행복한 시간 되세요.

2014. 11. 7

사랑하는 사람과 이별을 했느냐고요?

그건 아니고요.

아껴왔던 물건과 헤어지게 되어 이런 제목을 정하게 되었네요.

지난주에 10년 동안 탔던 자가용을 중고차로 팔게 되었어요.

교당에 오고 보니 제 차를 탈 일이 거의 없더군요. 한 달에 1번 정도 운행할까 말까였는데요. 보험료, 자동차세, 감가상각비 등을 계산하니 아파트 주차장에 차를 세워두고 한 달에 20만 원씩 까먹는 거예요.

그래서 이번에 과감하게 처분하기로 했죠.

명절 때나 꼭 필요할 땐 아쉽기도 하겠지만 한편으론 하는 일 없이 먼지만 뒤집어쓴 채 주차장만 지키는 차에게 미안하기도 했습니다.

그런데 막상 중고차 딜러가 내 차를 가져가는데, 마음 한편이 너무 허전했습니다. 차가 떠나가는 모습을 보자니 내 몸의 일부가 쑥 빠져나가는 그런 기분이었습니다.

그날 저녁 정토(아내)에게 전화를 했더니 그렇게 빨리 팔 줄 몰랐다는 거예요.

"마지막으로 한번 타보고, 이별의 인사라도 해야 했는데"라며 매우 아쉬워하고 서운해했습니다.

눈물이 날 것 같다고 하더군요. 그 순간 제 마음도 그랬습니다.
제 경제 상황과 차의 쓸모를 생각해서 차를 팔긴 했으나 오랫 동안 함께 했던 차를 떠나보낸다는 것은 큰 슬픔이었습니다.

있을 땐 당연하다고 생각합니다.
심지어 때론 귀찮고 쓸모없다고 생각될 때도 있죠.
물건도 그러하고, 하물며 사람도 그렇게 느껴질 때가 있죠.
이번 기회에 평소 나에게 소중한, 소중했던 것들과 인연들에
감사해야겠다는 생각을 하게 됩니다.

만나고 헤어지는 것이 인생사 다반사이지요.
사람뿐만 아니라 세상의 수많은 것들과 우리는 정들고 헤어짐을
반복합니다. 헤어질 때 다소 아쉬움은 있겠지만 그 인연의 끈에
너무 연연해서는 안 되어야겠다는 생각도 해봅니다.
제가 탔던 차도 누군가와 새로운 인연을 맺겠지요.
부디 행복한 가족의 안전한 동반자가 되길 기원해 봅니다.

매서운 가을바람이 붑니다.
떨어지는 낙엽을 보며 사소한 것에 매달리던 욕망을 거두고
그 빈자리에 맑은 영성을 채우는 행복한 주말되세요.

2014. 11. 14

지난 월요일부터 2박 3일 일정으로 서울교구 청교협 연수차 제주도를 다녀왔어요. 김포에서 제주 가는 비행기에서 한 감상을 얻었어요.

운 좋게 창가를 배정받아 앉게 되었지요.

이륙 순간 잠깐 마음속으로 심고를 올리고 나니 비행기는 벌써 엷게 쳐진 구름을 뚫고 솟아올랐더군요. 처음 타보는 비행기도 아닌데, 구름 위를 비행하는 기분은 매우 짜릿하고 신비롭습니다.

하늘이 어찌나 맑고 깨끗하던지요.

파란 하늘 보다 더 파란 검푸른 하늘이 끝없이 펼쳐지더군요.

그 하늘이 검푸른 이유는 밝은 태양이 비추기 때문이지요.

눈을 들어 티끌 하나 보이지 않는 맑고 깨끗하고 텅 비어 끝없이 펼쳐진 하늘을 바라봅니다.

그러나 그 아래로 구름이 있고, 또 그 아래 우리가 사는 세상 동네가 있지요.

땅에서 바라보는 하늘이 항상 맑고 깨끗한 것은 아닙니다. 구름이 중간중간 끼기도 하고요, 아예 먹구름으로 하늘을 덮을 때도 있지요. 그래도 그 구름 위로 맑고 깨끗한 하늘이 있고 밝게 빛나는 태양이 있음을 우리는 확실히 압니다.

우리의 본래 성품인 자성自性도 그 모습이겠지요.

텅 빈 가운데
밝은 빛 하나가 환하게 빛나고 있지요.
우리는 그 빛을 '자성의 혜광'이라 부릅니다.

우리들의 마음나라가
때론 요란하고, 어리석고, 그름으로 인해
변화무쌍한 색깔을 펼쳐내지만
그 마음바탕은
텅 비어 맑고 깨끗한 가운데 밝게 빛나는 혜광이 있습니다.
그 혜광은 영원히 그 자리에서 빛나고 있지요.

비행기가 다시 구름 아래로 내려옵니다.
구름이 있다 한들 그 빛이 사라지는 것은 아니지요.
바다가 보이고, 산이 보이고, 건물들이 보입니다.

이번 제주도 여행에선 이틀 동안 구름 한 점 가리지 않은
한라산의 속살을 여지없이 보는 행운을 누렸습니다.
아득하게 보였던 한라산이 너무 선명하게 보였습니다.
다 맑고 깨끗한 날씨 덕분이었습니다.

맑고 깨끗한 자성의 빛을 항상 밝히시길 염원합니다.

2014. 11. 21

오늘은 600일 기도회향식 후 명절대재 맞이 대청소를 했어요. 교당에서는 큰 행사를 앞두고 대청소를 하는데, 특히 대재를 앞두고는 교당 구석구석의 먼지를 다 털어낼 정도이지요.

명절대재는 매년 12월 1일에 올리는데, 대재란 소태산 대종사를 비롯한 원불교의 모든 조상과 삼세의 모든 성현 및 일체생령을 길이 추모하여 합동 향례를 올리는 것을 말합니다.
특히 명절대재는 추모와 더불어 감사 보은의 의미가 있습니다.
명절대재는 소태산 대종사님께서 전통적으로 내려온 모든 명절을 통합하여 하나의 기념일로 만든 것입니다. 자칫 번다하고 형식적으로 흐르는 명절을 줄여 합동으로 기념하자는 취지였지요.

명절대재는 추모, 감사, 보은, 축제의 의미를 담고 있습니다.
소태산 대종사님의 열반일인 육일대재의 엄숙함과 추모의 분위기 대신 추수감사의 축제의 의미가 크다 할 것입니다. 그래서 명절대재 때는 축하공연이 함께 하기도 하지요.

알찬 결실과 오늘의 우리가 있기까지
천지자연의 한없는 은혜와
음으로 양으로 보살펴 주시는 조상님들의 은혜와
자리이타로 도와주는 동포님들의 은혜와
세상의 모든 질서를 유지해주는 법률님의 은혜에

감사 보은을 다짐하는 시간이면 좋겠습니다.

이번 명절대재는 하루를 앞당겨
11월 30일(일) 오전 10시 30분에 모시게 됩니다.

몸과 마음을 정갈히 하고
감사 보은의 마음으로 함께 하면 좋겠습니다.
온 가족이 함께 말이죠.

오늘도 행복하세요.

2014. 11. 28

지난주 금요일이었어요.

익산총부에서 오신 원로교무님들을 용산역까지 배웅 차 교당 봉고차를 운전했지요.

아침부터 비가 참 많이 내리더군요.

시청을 지나 숭례문에 다다랐을 때 지나가던 옆 차가 창문을 열고 계속 뭐라고 하는 거예요.

속으로 '내가 뭘 잘못했나? 순간 걱정이 되면서 무슨 일인지 창문을 열고 확인했지요.

"뒷바퀴가 펑크가 났어요."

순간 당황이 되더군요. '이걸 어떻게 하지?'

그 상황에서 바로 차를 세울 수도 없고…….

일단은 적당한 곳에 세우기로 하고 서울역 쪽으로 진행했지요.

상황이 상황이니만큼 원로교무님들께는 택시를 이용해 주실 것을 부탁드렸고, 바로 자동차보험 긴급출동 서비스를 불러 그 상황을 해결했지요.

그런데, 교당으로 돌아오는 차 속에서 문득 그런 생각이 들더군요.

'아, 그분에게 제대로 고맙다는 인사도 못 했는데'

펑크가 났다는 소리에 약간 당황하기도 했지만 신호가 바로 바뀌는 바람에 고맙다는 인사를 못 한 것이었습니다.

"전하지 못한 감사 인사"

때를 놓치기도 하고
맘속에만 담아놓기만 하고
그때는 아예 고맙다는 생각이 들지 않기도 하고
이런저런 상황과 이유로 꼭 전해야 할 감사인사를 놓치게 되는 경우가 많은 것 같습니다.

만약 그 사람이 알려주지 않았더라면 혹시 큰 사고로 이어질 뻔한 상황임을 생각해 보면 참 감사할 일이지요.
어디 감사인사 뿐입니까?
우리 삶엔 부치지 못한 편지가 있고 전하지 못한 말들이 있지요.
생각만 하고 맘속으로만 담아둔 그런 인사말이죠.

미안해
고마워
사랑해

"늦었다고 생각할 때가 가장 빠른 때이다." 라는 말이 있죠.
한 해가 저물어 가는 12월입니다.
미처 전하지 못한 인사가 있다면 이 해가 다 가기 전에 전해보면 어떨까요?

날씨가 춥습니다. 건강 유의하시고요.

오늘도 당신의 건강과 행복을 기원합니다.

2014. 12. 5

: 옆집 앞을 쓸며

교당 간사 효빈이가 떠났어요.
"든 자리는 몰라도 난 자리는 안다"는 말이 있죠.
며칠 지나지 않았는데 그 자리가 참 허전하기도 합니다.
이제 효빈이가 했던 일을 제가 하다 보니 저 또한 30년 전 간사시
절로 되돌아간 듯한 느낌입니다.

그동안 효빈이가 담당했던 바깥청소가 제 몫이 되었네요.
지금껏 아침 식사 후에 신문을 보고, 경전 사경을 하며 즐겼던 잠
깐의 여유도 없이 바로 마당청소를 나갑니다. 오늘도 마당 구석구
석을 쓸고 큰길에서 교당 올라오는 도로까지 쭉 쓸었지요.
그런데 청소를 마치고 교당에 들어가려는 데 옆집 할아버지 대문
앞 도로가 너무 더러운 거예요. 이전에도 그 집 앞은 청소를 하지
않아 유독 더러웠었는데 오늘따라 눈에 거슬렸습니다. 제가 직접
청소를 하다 보니 다른 깨끗한 곳과 비교가 되었던 거지요.

그때 맘속으로 '이왕 청소하는 것, 교당 앞만 쓸 것이 아니라 옆집
앞도 쓸어주자'는 생각이 들었죠. 이렇게 그 집 앞과 골목까지 깨
끗이 청소를 하고 보니 이전보다 기분이 더 상쾌해지더군요.
공동으로 이용하는 도로, 특히 동네 골목의 경우에는 내 집 앞, 네
집 앞이 어디 따로 있겠습니까?

소태산 대종사님께서는

"온 세상 사람이 다 나의 사람이요,
온 세계 시설이 다 나의 도량"이라고 하셨지요.

많은 사람이
내 것, 네 것을 구분 짓고 살아갑니다.
그 속에서 조금이라도 손해 보지 않으려 하지요.

부처님의 국량을
'시방일가十方一家 사생일신四生一身'이라 합니다.
온 세상이 한집이요, 일체 생령이 한 몸이라는 뜻이죠.
작은 국한을 벗어나 천하를 내 집으로 생각하는 부처님의 심법이
부럽습니다. 나와 남을 구분 짓는 마음을 내려놓고 모두가 하나라
는 큰마음을 가지고 살아갔으면 좋겠습니다.

이제 연말입니다.
이웃의 아픔과 어려움을 나의 아픔으로
따뜻한 정과 사랑을 나누는 훈훈함으로 가득한
우리 세상이면 좋겠습니다.

은혜와 사랑으로 행복하세요.

2014. 12. 12

남방에 성성이라는 동물이 있답니다.

성성이는 힘이 세고 날래서 사람의 힘으로는 잡지 못하는 동물이라고 합니다. 그런데, 그 성성이의 치명적인 약점이 있는데요.

'술'을 너무나 좋아한다는 것이지요.

그래서 그 성성이를 잡기 위한 묘안은 성성이가 다니는 길목에 술을 큰 그릇에 담아놓는 것이랍니다.

처음엔 성성이가 그것을 보고 웃으며 그대로 지나갑니다.

그러다가 다시 돌아와서 조금 마시고, 또 가다가 다시 돌아와서 더 마시고 하기를 여러 차례 하지요.

그다음엔 어떻게 되었겠어요?

뻔하죠. 그만 정신없이 그 술을 다 마시고, 마침내 취하여 쓰러지게 되지요. 그러면 그때 사람이 나와서 잡아간다고 합니다.

처음에는 조금만 마시기로 한 술이 커져서 한 동이에 이르렀고,

마침내 제 생명을 잃기도 하고 혹은 생포生捕도 당하게 되는 것이지요.

소태산 대종사님께서는 이 예화를 말씀하시면서

"사람도 또한 그와 같아서 처음에는 한두 가지의 작은 허물을 고치지 못하다가 그 허물이 쌓이고 쌓이면 마침내 큰 죄업을 저질러서 전도를 크게 그르치게 된다"고 하셨지요.

116

작은 허물들은 대수롭지 않게 여기기 쉽죠.

'까짓것 뭐. 별것 있겠어.' 라고 가볍게 흘려 넘깁니다.

그런데, 그 한 번 두 번이 쌓이고 쌓여 스스로 감당할 수 없게 됩니다.

성성이에게 술의 유혹이 있듯이 우리를 둘러싼 많은 유혹의 손길들이 있지요.

눈과 귀와 입을 즐겁게 하는 그런 것들 말이죠.

그뿐입니까?

뽐내려 하고, 인정받으려 하고, 뾰족뾰족 일어나는 마음의 상相 또한 습관이 들면 고치기 어렵지요.

나중에 일을 그르치고 시간이 지나 후회한들 그때는 늦게 되지요.

미리 미리 작은 허물이라도 하나씩 고쳐가는 것이 현명한 사람 아닐까요?

한 해가 마무리되어가고 새해를 준비하는 요즘입니다.

참회와 반성,

그리고 새해를 맞는 희망으로 가득하시길 기원합니다.

2014. 12. 19

법신불 사은이시여!
올 한해도 법신불 사은님의 크신 은혜 속에
살았음에 깊이 감사드리나이다.

하지만 익혀온 묵은 습관이 두텁고
신앙과 수행의 힘이 부족하여 사은의 은혜에
크게 보은하지 못하는 삶을 살았나이다.

병고에 힘들기도 했으며,
얽히고설킨 인연으로 어려움도 있었으며,
염원하는 일들이 풀리지 않아 초조하기도 했으며,
업장이 두터워 어찌할 줄 모르고 고통스럽기도 했으며,
경계 따라 요란하고 어리석고 그름을 보면서 한없이 작아지기도
하였나이다.

마음의 여유를 찾기보다는 물질의 유혹에 쫓기듯 바빴으며
지혜를 구하기보다는 지식을 쌓기에 급급했고
숨은 공덕을 쌓기보다는 남이 알아주기를 바라고
그렇지 않을 경우 원망의 생활도 하였나이다.

법신불 사은이시여!
지난 한해 곰곰이 돌이켜 보니
괴로움도 즐거움도 결국 내가 지었음을 알았나이다.
법신불 사은님 앞에 무릎 꿇고 진실한 마음으로 참회기도 올립니다.

올 한해 성내고 원망하고 욕심에 물들었던
어리석은 죄업을 깊이 참회합니다.
나로 인해 버거워했고 속상해했고 불편했던
모든 인연을 생각하며 깊이 참회합니다.

말을 앞세우고 실행이 따르지 못했음을 참회하옵고
겉으로는 꾸미기에 바빴으나
안으로 채우지 못했음을 참회하옵고
외양과 학식과 가진 것을 부러워했으나
허식과 편견으로 진실을 외면했음을 참회합니다.

한없는 은혜 속에 살면서도
감사하지 못하고 더 사랑하지 못했음을 참회합니다.
소중한 법연으로 만나 영생을 함께 할 동지들을
따뜻한 마음으로 챙기지 못했음을 참회합니다.
그리고 몸과 입과 마음으로 알고도 짓고 모르고도 지었을
모든 죄업을 진정 참회합니다.

이 참회기도로 모든 죄업이 청정하여지고
새로운 마음과 새로운 희망으로

원기100년을 힘차게 맞이하게 하옵소서.

일심으로 비옵나이다.

2014. 12. 26

이렇게 한 해가 저물어 가는군요.
끝은 또 다른 시작의 약속이기에 다시 새로운 출발선에 설 준비를
합니다.

끝을 맺는 것을 마무리라고 하지요.
마무리가 잘 되어야 하는데 항상 못다 한 것에 대한 아쉬움과 후
회가 남습니다.

이제 올해에 안녕을 고해야 합니다.
지난 일은 묻지도 따지지도 생각하지도 말고 새로운 마음으로 새
로운 희망을 다시 꿈꿔 봅니다.

"지난 일 거울삼아
오늘을 새롭게
내일을 희망차게"

경산 종법사님의 원기100년 신년법문을 한 해의 마무리이자 새해
의 다짐으로 새겨봅니다.

원만이의 편지도 올해 마지막 인사를 올립니다.
올 1년 동안 사랑해주시고 공감해 주시고 격려해 주시고 응원해
주셔서 감사합니다.

다가올 새해에는 몸과 마음이 더욱 건강하시고 마음공부로 지혜
와 복이 충만하시길 기원합니다.

행복하세요.

2014. 12. 31

: 　　탁발승의 미소

혜화역 1번 출구를 빠져나오는데 웬 목탁소리가 들리더군요.
이어서 들려오는 "나무아미타불 관세음보살" 연이어 들려오는 염불소리, 자연스레 눈과 귀가 그곳에 집중되었답니다.
여 스님 두 분이 목탁을 치고 염불을 하면서 길거리 탁발을 하고 있는 것이었습니다. 어쩌다 가끔 보는 풍경이지만 오늘따라 그 모습에 좀 더 관심이 갔습니다.

탁발은 승려들이 보시를 권하며, 재물이나 곡식을 얻으려고 여러 곳으로 이집 저집 돌아다니는 일을 말하죠.
제가 어렸을 적 시골에 살 때는 스님들의 탁발을 많이 봤지만 시대의 변천에 따라 거리에서 탁발하는 것을 보기란 힘든 광경이 되었지요. 그래서 더 관심이 갔나 봅니다.
유심히 살펴보니 따로 적선함을 두지 않고 작은 바구니를 한 스님이 들고 있었고, 그 바구니에는 만 원짜리, 천 원짜리 등 얼마만큼의 돈이 쌓여 있었습니다. 잠깐의 시간이었지만 행인 몇 분이 합장하며 적선積善하는 모습도 보였습니다.

저는 갑자기 그 스님들의 표정이 궁금해지더군요.
그런데 말이죠. 그 추운 날씨임에도 불구하고 스님들의 환하고 온화하게 미소 짓는 모습이 자비의 모습, 그대로였습니다.
저야 따로 적선대열에 참여하진 않았지만 그 모습을 본 분들은 종교를 떠나 그분들의 화기和氣로운 얼굴만 봐도 적선에 동참하겠다는 생각이 들더군요.

그러면서 제 자신을 돌아보았습니다.
과연 나는 저렇게 할 수 있을까?
나에게 나를 놓는 저런 용기가 있을까?
체면과 창피함을 생각하는 저를 발견할 수 있었습니다.

탁발(동냥)은 보시布施의 권선勸善입니다.
자신을 낮추고, 아상을 놓는 거룩한 수행입니다.
그 가운데 번지는 온화한 미소, 이렇게 부처님을 모십니다.

새해에 드리는 첫 인사는
"올해도 행복하세요."

2015. 1. 9

한 청년교도가 다음Daum 청년회 카페에 매일 글을 올리고 있습니다.
"반성할 일, 감사할 일" 이름으로 지난해 말부터 하루도 빠지지 않고 있네요.
사실 일기 같은 성격의 글을 대중에게 오픈시킨다는 것이 쉽지 않은 일인데요. 먼저 그 청년의 용기 있는 공부심에 큰 박수를 보냅니다. 참고로, 어제 올린 글을 소개할게요.

반성할 일;
조금만 더 친절하게 대할걸.
쿨 하게 양보할걸.
내일은 더 밝고 환하게 친절하게 ~^^

감사한 일;
모처럼 일찍 퇴근하고
따뜻한 녹차 한 잔을 마시며
아무 이유 없이 저절로 콧노래 부르듯 일원상 서원문을 외우는데
요란해진 마음이 싹 가라앉더라.
참 감사합니다.

이 글을 보면서 저의 반성은
실질적이고 구체적으로 공부하지 못했음을 반성했고

감사한 일은
이렇게 공부하는 도반이 있어 참 감사했습니다.

저도 오래전부터 유·무념 공부로 '감사칭찬하기'를 해오고 있는데요. 그전에는 숫자로 기록 했었는데 며칠 전부터 실질적인 내용을 쓰고 있습니다.
이렇게 해보니 반성할 일과 감사할 일들이 확실하게 드러나더군요.

하루의 생활을 돌이켜보면서 반성할 일과 감사할 일을 챙기는 연습을 한다면 우리의 삶이 알차고 보람 있는 삶이 되지 않을까요?
후회는 줄어들고 감사가 늘어나면 내가 맞이하는 행복도 점점 커지겠지요.
공부에 있어 좀 더 욕심을 부려본다면 작은 일과 일상에 대한 감사와 행여 원망할 일이 있더라도 감사를 발견하는 공부심으로 이어진다면 더할 나위가 없겠지요.

자, 오늘도 반성과 감사로 행복한 삶 되세요.

2015. 1. 16

원만이의 편지 | 마음 클리너

컴퓨터를 켜면 제가 가장 먼저 하는 일은 클리너로 컴퓨터를 청소하는 것입니다. 먼지를 털고 컴퓨터를 닦는 그런 것은 아니고요. 불필요한 파일이나 인터넷 사용 기록 등을 삭제하거나 정리하는 것입니다.

이렇게 하면, 메모리도 여유가 생기고 컴퓨터 속도도 빨라지지요. 컴퓨터도 쾌적한 환경을 좋아하는가 봅니다. 청소가 끝나면 이런 메시지가 뜨지요.

"PC가 쾌적합니다."

이 메시지를 볼 때마다 제 기분도 좋아집니다.
집안청소를 깨끗이 한 뒤, 차 한 잔을 마시며 갖는 여유와 청량감과 같은 느낌입니다.
그러면서 나는 내 마음을 매일 잘 청소하고 있는지 반성이 되더군요. '마음 클리너'가 잘 작동하고 있는지 말이죠.

'마음 클리너'
마음을 깨끗이 청소해주는 클리너가 있으면 얼마나 좋을까요?
버튼 하나만 누르면 자동으로 청소해주는 클리너 말이죠.

우리가 마음을 쓸 때
항상 좋게, 깨끗하게만 사용하는 것이 아니잖아요.

욕심 경계에 물들기도 하고
불필요한 생각들을 쌓아놓기도 하고
미운 마음, 원망하는 마음 등 아닌 마음들을 보이지 않는 한쪽 구
석에 처박아 놓기도 하지요.

내가 스스로 어지럽게도 하고
남이 와서 내 마음을 어지럽게 만들기도 하지요.
큰 손님이 한번 다녀가면 감당해야 할 청소 양도 커지고요.

가만히만 있어도 먼지가 쌓이죠.
오랫동안 닦아내지 않으면 깨끗한 본래 마음이 어느 순간 시커먼
먼지로 다북하게 쌓이게 되지요.
그렇게 오랫동안 버려두면 원래 깨끗했다는 걸 까맣게 잊어버리
게 되지요.
나중에는 더러워진 모습 그대로가 내 모습이겠거니 라고 체념할
수밖에 없지 않겠어요?

아침에 일어나면 맑은 고요로 마음 클리너를 작용시켜 보세요.
마음이 요란해진 경계를 만날 때는 맞춤형 마음 클리너를 작용시
켜 보세요.

맑은 샘물이 솟으면 그 물이 항상 깨끗하듯이
청정자성淸淨自性을 여의지 않으면
우리의 마음나라는 항상 깨끗해진답니다.

'마음 클리너'
그 요술방망이 파는 곳 없나요?

오늘도 맑고 깨끗한 마음 클리너로 행복하세요.

2015. 1. 23

당신을 위한 노래
영화 '송포유'는 노부부의
애절하면서도 진실한 사랑을 노래한 영화입니다.
아내는 다가올 죽음을 앞두고 마지막 작별의 인사로 남편에게
"트루 컬러(true colors)"를 노래합니다.

용기와 희망, 그리고 믿음으로 가득 찬 가사도 아름답지만, 실제
여주인공인 할머니의 목소리는 남편을 향한 진실한 사랑을 담아
오히려 경건함마저 느끼게 합니다.
당신의 진정한 빛깔, 참 모습을 알고 있고 그 모습을 사랑한다고
하죠.
그러면서 이렇게 부탁합니다.

"당신의 진정한 모습을 보여주는 걸 두려워하지 마세요.
진실한 색깔(true color)은 무지개처럼 아름다워요."

아내가 세상을 떠난 뒤
아내가 그토록 서고 싶어 했던 그 무대에서 사랑하는 아들과 손녀
의 응원에 힘입어 남겨진 남편이 아내를 위해 노래 부릅니다.

"Good night my angel

잘 자요. 나의 천사여
이젠 눈 감을 시간

당신이 어딜 가든지
어느 시간에 머물든지
바로 옆에 내가 있잖아요."

마지막
"우리 사랑 영원하리."로 작별을 고합니다.
애절한 가사와 진심이 담긴 노래가 참 감동적입니다.

영화를 통해서 우리가 확신하는 것은 진심과 사랑은 서로의 마음
을 통하게 하는 위대한 마력이 있다는 것입니다. 또한 겉으로 드
러난 모습이 아니라 속마음, 진실이 통할 때 갈등이 치유될 수 있
다는 사실입니다.

우리는 노래를 부릅니다.
당신을 위한 노래
당신에게 부르는 노래를
누군가 나를 위해 노래를 불러주기도 하고
나 또한 누군가를 위해 노래를 부르기도 합니다.

그 노래가 어떤 노래인가요?
기쁨, 용기, 희망이 되는 노래인지
진실과 사랑을 담아 부르는 노래인지 깊게 생각해 봅니다.

송포유를 마무리하면서 원불교 성가 한 곡을 부릅니다.

한 이름 서원으로 노래를 부릅니다.
희망의 노래를 평화의 노래를
어둠이 많은 이 세상 밝음이 더하여
둥그런 뜻으로 하나가 되도록

어느새 1월 한 달이 훌쩍 지나가는 소리가 들립니다.

2015. 1. 30

：　　엄마의 졸업식

어제 엄마의 고등학교 졸업식에 다녀왔어요.
'엄마의 졸업'이라니, 좀 의아하죠?
엄마는 6년 전 65세가 넘은 나이에 중학교에 입학하였지요.
당시 약 1.2대 1의 경쟁률을 뚫고 당당히 합격하는 영광을 안았답
니다. 처음엔 "무슨 고생을 사서 하시나." 라고 가족들이 말리기도
했지만 엄마의 불타는(?) 향학열을 말릴 수는 없었지요.

엄마에겐 초등학교만 졸업한 못 배운 한恨이 있었고, 이젠 자식들
도 다 안정되었으니 당신께서 하고 싶은 공부를 하고 싶었던 것이
지요. 다행히 전라북도에서 도립으로 운영하는 전북 여성 중·고등
학교가 있어 만학도의 꿈을 실현할 수 있었답니다.

학생들 대부분이 4~50대 주부들이었고, 저희 엄마 같은 경우는
그중에서도 큰 언니에 속했지요.
익산에서 전주까지 버스를 한번 갈아타고 걸리는 시간이 1시간여,
오가는 번잡함과 피곤함도 있었지만, 매일 학교 다니는 것이 즐
거우셨고 공부하는 재미, 급우들과 함께하는 재미로 6년을 보내
셨지요.
연세가 연세인지라 우등생은 아니었고, 건강상 결석하는 날이 많
아 개근 정근상은 못 받았지만 학교 다니는 것을 정말 행복해 하
셨습니다.

영어단어를 외우고, 수학공식을 풀고,
그림을 그리고, 노래를 부르고……
참 열심히 공부하는 학생이었습니다.
체육대회, 소풍, 수학여행 등 할 건 다 하는 학교였고요.

이제 엄마는 6년 동안 정들었던 교정을 떠나고 가족처럼 함께했던 급우들과도 헤어지게 되었습니다.
저는 아들로서 걱정이 생기기도 합니다.
학교를 졸업하셨으니 이제 무슨 낙으로 사실까?
저의 바람은 다시 인생학교로 돌아오셨으니 이젠 엄마가 수양학교와 생사학교를 잘 다니는 학생이면 좋겠습니다.
그러시면서 가끔 동창회에도 나가 6년간의 학창시절로 돌아가는 시간여행도 하시면 좋겠습니다.

주변 분들에게 엄마가 학교 다닌다고 하면 이구동성으로 "참 대단하시다."고 하셨지요.
제가 생각해도 참으로 장하시고 자랑스럽습니다.
이제 엄마의 영광스런 졸업식에 축하와 감사의 꽃다발을 안겨드립니다. 엄마의 나머지 인생학교도 행복의 꽃으로 활짝 피어나길 기원합니다.

졸업하는 모든 사람, 그리고 새롭게 시작하는 모든 사람에게 행복을 기원 드립니다.

2015. 2. 6

잘 보는가?
잘 듣는가?
잘 생각하고 있는가?

요즘 저 자신을 성찰하며 던지는 질문입니다.
마음공부 하는 사람으로서
잘 보고, 잘 듣고, 잘 생각하는 것만큼
특별한 능력이 어디 있을까 하는 생각을 하게 됩니다.

보이는 것이 다는 아니고,
들리는 것이 다는 아니고,
생각하는 것이 다는 아닙니다.

더 넓게
더 멀리
더 깊게 보고 듣고 생각해야 하는데 쉽지 않습니다.

내가 보고 싶은 대로 보고,
내가 듣고 싶은 대로 듣고,
내가 생각하고 싶은 대로 생각합니다.

또한

보지 않아도 될 것을 애써 보려 하고,
듣지 않아도 될 것을 애써 들으려 하고,
생각하지 않아도 될 것을 애써 생각하려고 합니다.

그 이유는
나의 욕심과 습관과 업력 때문입니다.
이것들로 인해
그렇게 보이는 것이고, 들리는 것이고, 생각하게 되는 것입니다.
이런 반성을 해봅니다.

겉으로 드러난 것만이 아니라 속도 잘 보는가.
시작만 보는 것이 아니라 끝도 잘 보는가.
남의 그름만 보는 것이 아니라 나의 그름도 잘 보는가.
소수의 소리만이 아닌 다양한 소리를 잘 듣는가.
밖의 소리만이 아니라 내면의 소리도 잘 듣는가.
인간의 소리만이 아니라
자연의 소리, 진리의 소리에도 귀 기울이는가.

새벽하늘 맑은 기운으로 골똘히 잘 생각하는가.
생각이 얼마나 순수하고 여일한가.
생각이 어느 한 편에 치우치지 않고 두루 원만한가.

결국에는
보되 본 바도 없고,
들되 들은 바도 없고,

생각하되 생각한 바도 없는
텅 빈 자리에 돌아갈 수 있는가.

일원상 마음으로
보고 듣고 생각하면 좋겠습니다.

가족과 함께 행복한 설 명절 되세요.

2015. 2. 13

설 명절 잘 보내고 있는지요?

올해가 을미년 청양의 해죠.
양은 대체로 온순함의 상징이죠.
양은 이해심이 뛰어나고, 성실하며 화합하는 성향이 강하다고 합
니다. 특히 올해는 청양의 해인데, 청靑이 뜻하는 '푸른색'은 진취
적이고 매사에 빠른 속도로 임하는 특징을 가지고 있으며,
적극적이고 긍정적인 성격이라는 의미가 있다고 합니다.

저는 양띠입니다.
양띠 해에 태어난 사람이 다 온순한 건 아니지만 제가 생각해도
제 성격이 온순한 것은 맞는 것 같습니다. 온순하다는 것이 듣기
에 따라 '온순하기는 하지만 소극적'이라는 이미지도 있지요.
어렸을 때부터 나는 양띠이고, 양은 온순하니까 내 성격도 온순하
다는 생각이 지금의 나를 만들었는지도 모릅니다.
아니 어쩌면 사실은 그렇지 않은데, '온순한 편이야.' 라고 나를 그
렇게 규정짓고 있는지도 모르지요.

그런데, 청양의 의미를 더하면 확연히 그 색깔이 달라짐을 느낍니
다. 온순함에 더하여 적극적이고 긍정적이라는 것이지요.
'온순함'과 '적극적'
이것은 상당히 모순인 것으로 보입니다.

그런데 우리의 마음, 성격, 행동은 어느 한 편에 규정될 수 있는 것이 아니라 양면성을 갖추고 있습니다.

강함과 부드러움
적극적과 소극적
활달함과 온순함
급함과 차분함

현재의 나의 성격과 모습은 내가 그렇게 규정짓고, 나를 그렇게 길들여 나의 캐릭터를 형성한 것은 아닌지요.
원래 나의 모습은 그 무엇으로 규정할 수 없는 흰 종이와 같습니다. 그 흰 종이에 어떤 채색을 하느냐에 따라 나의 색깔이 나오게 되겠지요.
그런 점에서 저는 '나'라는 존재의 성격에 대해 원만하고 조화로운 인간을 생각해 봅니다. 제 닉네임이 '원만이'인 것은 제가 만들어가고자 하는 저의 모습입니다.
저는 원만이가 '원만구족하고 지공무사한' 일원상 부처님이라고 생각하면서 저의 몸과 마음을 사용할 때 원만이가 되도록 노력하고 있습니다.

청양의 해를 맞이하여
새해 복 많이 받고 원만하고 조화로운 삶
되길 간절히 염원합니다.

2015. 2. 19

넷

창경궁의 봄꽃

서울에 살다 보니 지하철을 이용하는 경우가 많습니다.
편리하고 정확하고 경제적인 이유로 지하철을 탈 수밖에 없기도
합니다.
지하철에 오르면 저는 습관적으로 주위 사람들의 모습을 살펴 보
곤합니다. 실례가 되지 않는 선에서 표정과 무얼 하는지 보게 되
지요.

크게 두 모습으로 나뉘는데요.
눈을 감고 가만히 있거나 열심히 스마트폰 삼매경에 빠져 있는 모
습입니다. 또 인상을 살펴보면 하나같이 여유가 없이 굳은 표정
또는 무표정한 얼굴들이 대부분입니다.
제가 지하철을 탄 사람들의 면면과 속사정을 알 수는 없습니다.
지하철이라는 것이 편리한 교통수단이라는 기능성을 생각해 볼
때 여유를 찾고 밝은 인상을 받는다는 것이 어려운 상황인 것만은
확실합니다.

저도 예전에는 스마트폰을 만지작거리거나 무표정하게 앉아 있곤
했습니다. 원하는 목적지에 도착하면 기계적으로 지하철을 빠져
나오곤 했지요.
그런데 요즘은 저의 지하철 놀이가 바뀌었습니다.
당장 필요치 않은 인터넷 검색을 위해 스마트폰을 열지 않고요.
자리에 앉게 되면 으레 지그시 눈을 감고 깊은 호흡과 함께 선禪

을 합니다.

지하철이 움직일 때 내는 굉음, 해당 역을 알리는 방송소리,
타고 내릴 때 약간의 웅성거림.
지하철에서의 선禪은
이러한 소리에 끌리지 않는 것이 포인트입니다.
내면의 소리에 집중하는 것이지요.

선을 하게 되면
내려야 할 때 잘 내릴 수 있느냐고요?
걱정할 것 없습니다.
내릴 역이 되면 묘하게 알려주거든요.

지하철 놀이.
하다 보면 재미가 쏠쏠합니다.

2015. 2. 27

오랜만에 옛 친구가 꿈에 나타났어요.

만난 지도 5년이 넘은 것 같고 서로 바쁘다 보니 전화 연락도 못한 사이였지요. 잠을 깬 뒤 이상하다 싶었어요. 생뚱맞게 왜 그 친구 꿈을 꾸게 되었을까.

그런데 말이죠.

그날 오후 또 다른 친구로부터 그 친구 아버님의 부음 소식을 듣게 되었습니다. 순간 '참 신기하다'는 생각이 들더군요.

그 소식을 전하려고 생각지도 않은 옛 친구가 꿈에 나타났나 했지요.

아주 오래전, 철학자 안병욱 교수가 원불교 중앙총부에 강의 차 왔다가 당시 원불교 종법사님이셨던 정산 종사님을 뵙게 되었습니다.

단아하고 화열和悅에 찬 정산 종사의 얼굴을 뵙고 '가장 아름다운 얼굴'이라고 찬탄하였지요.

그 이후 안병욱 교수는 서울에 돌아와 도는 자연을 본받는다는 '도법자연道法自然'이라는 노자의 말을 붓으로 써서 보내게 되었고, 이에 대해 정산 종사는 '심월상조心月相照'라는 글귀로 화답했지요.

멀리 떨어져 있어도 마음 달은 서로 비춘다는 뜻이지요.

'심월상조'

마음이란 게 참 묘하고 위대합니다.
마음이 열려 맑고 깨끗하면
마음과 마음이 서로 통하고
기운과 기운이 서로 응하여
신비하고 묘한 마음의 힘이 나오는 것 같습니다.

하나의 마음
하나의 기운이 될 때
서로 통하게 되고
통하면 화하게 되고
화하면 은혜가 나오게 되겠지요.

주변 인연들 속에서
마음 달을 서로 비추는
좋은 인연 맺어 가시길 기원합니다.

2015. 3. 6

아내(정토)와 함께 서점에 가게 되었어요.
제가 관심 있는 코너는 수필집이 있는 곳인데요.
이리저리 책 제목들을 훑어보다가 눈에 띄는 제목이 있었어요.

『당신이 없으면 내가 없습니다』

정호승 시인의 수필집인데요.
평소 정호승 시인의 맑은 글을 좋아하는 데다 유독 이 제목이 끌렸던 것은 아내와 함께 서점을 갔기 때문일 것입니다.

계산대 앞에서 제가 내민 책을 보고 아내는 살짝 미소를 띠면서 이렇게 말하더군요.
"나에게 선물하려고요."
저 또한 마음의 미소로 화답했죠.
"내가 먼저 읽고 선물할게."
내심 아내도 책 제목만 보고도 그 어떤 느낌이 들었나 봅니다.
우리 둘만의 말없는 교감交感 말이지요.

세상을 살아가다 보면
나에게 꼭 필요한 사람이 있습니다.
아니, 모든 사람이
나에게 필요하고 소중한 사람들이지요.

정호승 시인은 수필집에서 이렇게 말합니다.
"우리는 나이면서도 동시에 너다.
당신이 없으면 내가 없고,
내가 없으면 당신이 없다."

"당신이 있어 내가 있다"는 말보다
"당신이 없으면 내가 없다"는 표현이 더 간절하면서 강렬한 느낌을 받습니다.
아내와 연애 시절 편지글 끝에 이런 글을 써넣었던 기억이 나네요.

나 아닌 너
너 아닌 나

어찌 꼭 사랑하는 사람에게만 해당하는 말일까요?
우리는 홀로 존재할 수 없습니다. 서로 어울려 공동체를 이루며 서로 주고받는 상생의 관계를 이루며 살아가지요. 없어서는 살 수 없는 은혜의 관계 말입니다. 이제 이 책을 빨리 읽고 아내에게 선물해야 할 듯싶습니다. 그리고 또다시 약간의 부끄러움을 가지고 오래전 고백을 다시 꺼내야겠네요.

"당신이 없으면 내가 없습니다."

새봄을 기다리는 설렘으로 행복하세요.

2015. 3. 13

21년 전 모현교당 부교무 때 만났던 청년회 부회장의 열반소식을 들었습니다.
나이 43세, 남편에게는 내조의 여왕이었고, 중학생 딸과 초등학생 아들에게는 아낌없이 주는 최고의 엄마였지요.
항상 밝은 미소와 긍정적인 생각으로 주변 사람들을 편안하게 하고 기쁨을 주었지요. 그렇게 참 좋았던 그녀가 속절없이 4년의 투병 생활 끝에 세상을 떠난 것입니다.

원남교당의 바쁜 교화일정 속에서도 문상을 위해 익산을 향했지요. 열반소식을 듣고 느꼈던 가슴의 먹먹함을 달래고 이 세상 떠나는 그리운 옛 도반과의 이별의 정을 함께 나누고 싶었던 것입니다. 원불교 성직자인 교무로서 떠나는 그 길에 정성 다해 '천도법문薦度法門' 공양을 올리고 싶었습니다.

그녀는 저에게 참 좋은 인연이었습니다.
어린 나이였지만 교무가 속얘기를 할 수 있는 친구였고, 교무의 손발이 되어 궂은 일 마다하지 않은 일꾼이요, 협력자였습니다.
오늘 이렇게 그 친구의 죽음을 아쉬워하고 그리는 것은 법연法緣으로서의 애틋함이 있기 때문입니다.

법연,
법으로 맺어진 인연

비록 몸은 멀리 떨어져 있어도
마음은 항상 연하여 사는 사이
만났다가 다시 헤어져도
시절 인연 따라 다시 만나
이 공부 이 사업을 하는 영생의 도반

같은 믿음 아래
법정法情을 나누며
한마음, 한뜻으로 진리의 길을 향해 가지요.
그래서 법연은 아름다운 인연입니다.

우리는
가족, 친구, 동료, 친척 등
수많은 인연 속에 살아갑니다.

정산 종사께서는 법연이 혈연보다 더 소중하다 하셨지요.
영생을 함께 하기 때문입니다.

3월 22일(일) 오전 10시 30분
좋은 인연 초대법회
아름다운 법연을 맺는 날입니다.

"은혜로운 만남, 행복한 우리"를 꿈꿉니다.

2015. 3. 20

이제 완연한 봄입니다.
움츠렸던 몸이 한껏 봄의 기지개를 켭니다.
따스한 오후, 창경궁의 봄이 저를 유혹하여 달려갑니다.

성문인 홍화문弘化門을 들어서니 홍매화가 꽃망울을 터트릴 준비
에 바쁩니다.
순백의 고결함을 자랑하는 백매화도 좋지만 때로는 붉게 물든 홍
매화의 정열의 화사함이 시선을 사로잡기도 하지요.
창경궁을 자주 찾는 저에게 있어 고궁 산책의 즐거움은, 예스럽고
멋스러운 건물이 아니라 봄·여름·가을·겨울 계절 따라 변하는 자
연의 색깔을 보는 기쁨입니다. 특히 봄꽃은 경이로움의 극치이죠.

매화, 산수유, 진달래, 그리고 목련.
거칠고 두터운 겨울의 단단함을 뚫고 나오는 꽃망울들!
돌계단에 눌러앉아 그 꽃님들을 지긋이 바라봅니다.

오묘
신비
진공묘유, 그 자체입니다.
그 가운데 들려오는 새들의 합창들
자연의 조화입니다.

봄꽃은 땅의 꽃인 것 같습니다.
잎을 내지 않고 가지 끝에서 불쑥 내미는 꽃망울들은 땅의 기운을
머금어 피워낸 꽃이기 때문이지요.
겨우내 추위 속에서 벌거벗긴 아픔을 달래고 땅 기운을 머금고 머
금어, 뿌리 깊게 감추고 감추다가 기운 한 덩어리를 툭 터뜨려 내
는 것이지요.

며칠 전 한 동지가
광양 매화마을의 봄꽃 잔치를 밴드에 올려주었지요.
사진 속의 봄꽃 향연!
참 아름다웠지만
꽃 한 송이를 보더라도 직접 눈으로 보는 것만 못하겠지요.

봄 햇살이 가득 찬 곳부터 봄꽃들이 피어나듯이
따스한 사람
싱그러운 사람
그래서 피어나는 사람이 되길 소망합니다.

내 뜰 앞의 봄꽃을 찾는 행복감으로 충만하세요.
따스한 봄날
봄나들이도 좋고요.

2015. 3. 27

백 번 각오하고 다짐하는 것보다
한 번 제대로
깨닫는 것이 필요하다고 합니다.

오래전 읽었던
고도원의 아침편지를 소개합니다.

"변화는 방향을 뜻합니다.
어느 순간 방향이 바뀌었다는 뜻입니다.
깨달음의 작은 점 하나로 어떤 사람은 180도
정반대 방향으로 바뀌고,
어떤 사람은 0.1밀리 작은 전환이 이루어져
새로운 길을 가게 됩니다.
'한 번 제대로 깨닫는 것'
진정한 변화의 시작입니다."

참 공감되는 글입니다.

깨닫는다는 것은
단순히 안다는 정도의 것이 아니죠.
위대한 발걸음의 시작입니다.

세상에 지식이 넘쳐나고 앎을 자랑삼아 말하는 이는 많지만
깨달음을 통해 변화되는 삶을 만들어 가는 사람은 적은 것 같습니다.
참된 깨달음은 처음 시작은 작을 수 있지만
변화를 위한 실행으로 나아가야 한다는 것이지요.
인류를 구원할 위대한 성자적 깨달음도 있지만
나에게 소중한 것은 내 삶을 변화시킬 작은 깨달음입니다.
작은 것이 쌓이고 쌓여 큰 변화를 가져오게 되지요.

깨달음에도 에너지를 필요합니다.
얼마나 강하고 지속적인 에너지냐에 따라 그 변화의 폭도 달라질
것입니다.
뭉치고 뭉친 기운이라야 툭 터지고 열리는 세계가 환할 것이고
변화하는 힘 또한 크게 작용할 것입니다.

제대로 깨닫고 변화하는 삶

4월, 100년 전 소태산 대종사의 깨달음의 빛이
오늘날 원불교가 되었고,
우리가 그 은혜 속에서 기쁨과 행복을 얻습니다.
모두가 은혜인 세상
그래서 모두가 행복한 세상을 꿈꿉니다.

2015. 4. 3

혼자 길을 걸었습니다.
문득 드는 생각
'안경을 벗고 걸어볼까?
그래, 한가한 길이니 뭐 괜찮겠지.'

안경을 벗었습니다.
순간 초점이 잡히지 않고 인상이 찡그려짐을 스스로 알 수 있었습니다.
약간 흐릿하지만, 사물을 분간하는 데는 무리가 없고 걷는데도 크게 불편함이 없어 한동안 그렇게 걸어보았습니다.

중학교 3학년 때부터 썼던 안경을 잠자고 세수하는 일 외에는 거의 벗어본 적이 없었지요.
안경은 제 몸의 일부나 다름없었습니다.
그런 안경을 벗어본 겁니다.
그러면서 몇 가지 감상이 떠올랐습니다.

첫째는 33년간 흐린 눈을 대신해 준 안경에 대한 고마움이었습니다. 벗고 보니 그동안 내 눈을 밝게 해준 안경이 참 고맙게 느껴졌습니다.
책을 읽게 해주고, 길을 올바르게 갈 수 있도록 해주고, 좋은 인연들을 볼 수 있는 은혜를 입었지요.

둘째는 안을 바라보는 안경이 필요하다는 것입니다.
우리는 세상의 휘황찬란한 물질의 유혹에 끌리기 쉽습니다.
때로는 안경을 벗고 세상과의 흐름을 끊은 채 밖을 바라보는 것이
아니라 내면을 천천히 응시하는 밝은 안경이 필요하겠다는 생각
입니다.
그러려면 안경을 잘 닦아야겠지요.

셋째는 색안경을 껴서는 안 된다는 것입니다.
당연한 얘기지만 세상을 살아가다 보면 쉽지 않습니다.
나도 모르게 선입견이 작동되고 욕심에 끌려 진실을 외면하고 거
짓을 참으로 색깔을 바꿔보는 경우가 많습니다.

맑고 투명한 안경으로
세상을 바라보고
나 자신을 바라보는 우리들이길 소망합니다.

새순이 돋아나는 요즘입니다.
반겨 맞이하고 새 생명과 교감 나누는
행복한 주말 되세요.

2015 .4. 10

쑥스러운 얘기를 해야겠네요.

제가 원기 100년이라는 뜻깊은 해에 원불교 법위상 정식법강항마위에 승급이 되었고, 이에 따라 법호도 받게 되었습니다.

지금까지 간사 3년, 학부 4년에 훈련원 1년, 그리고 교무로서 22년, 총 30년 출가자의 삶을 살았습니다.

전무출신으로서 부끄럽지 않게 살려고 했지만, 곰곰이 돌이켜보니 자질과 역량, 공부와 심법이 많이 부족했음에 부끄러운 마음입니다.

오늘 법위증과 법호를 받으면서 다시 출가하는 마음을 챙겨봅니다.

30년 전,

뜨겁지 않았을지는 모르지만 순수했던 그 마음으로 돌아가겠습니다.

처음 발원한 도덕회상의 주인공이 되겠습니다.

참 출가, 참 전무출신으로 살겠습니다.

"무량심공無量心功 전법보은傳法報恩하라"는

경산 종법사님의 법문을 받들어 진실한 공부인이 되겠습니다.

아, 깜박 잊을 뻔했네요. 제 법호가 궁금하시죠?

오로기 전, '전산專山'입니다.

저 스스로는

전무출신 전專이라고 생각합니다.
오롯하게 전무출신의 길을 가라는 말씀으로 새기는 것이지요.

저에게 있어 전무출신은 '무아봉공의 삶'을 표준으로 삼고 있습니다.
안으로 텅 비워 무아가 되고, 밖으로 끝없이 보은봉공으로 사는 것이지요.

김춘수 시인은 이렇게 노래했죠.
"내가 그의 이름을 불러 주었을 때,
그는 나에게로 와서
꽃이 되었다."

당신이 저의 이름을 불러 주었을 때
전
산이 됩니다.
오롯한 산, 전산

푸르른 신록과 함께 행복하세요.

2015. 4. 17

오는 4월 28일은

원불교 100년의 생일을 맞이하는 날입니다.

100년 전 소태산 대종사께서는

우주와 인생의 궁극적 진리인 일원상의 진리를 깨달으시고

새 시대의 새 종교인 원불교를 이 땅에 여시었습니다.

이날을 경축 기념하는 날이 '대각개교절'입니다.

대각개교절은

깨달음의 날

원불교가 열린 날

원불교인의 공동생일날입니다.

그래서 우리에게 4월은

은혜의 달이고 기쁨의 달입니다.

소태산 대종사님의 깨달음은

당신만의 기쁨이 아니라 만 생령 구원의 빛으로 오셨습니다.

고통에 빠진 모든 생령을 구하고, 병든 세상을 바로 잡기 위해

은혜의 성자로 오셨다는 것이 우리에겐 기쁨이요, 행복입니다.

범부와 중생은 집착과 착각 속에서 나날을 보내고 살아갑니다.

명예에 집착하고, 권리에 집착하고, 재물에 집착하고 희로애락 감

정에 속으며, 착각하고 살아가지요.

참된 진리의 세계에 들어가지 못하고 현실에 집착하지만
이루어지지 않아 그것이 사라질 때 괴로워합니다.
그래서 우리에게 깨달음의 빛이 필요합니다.

태양이 뜨면 어둠이 사라지고
모든 것을 환하게 비추듯이 깨달음은 밝음입니다.
중생의 세계를 벗어나 부처님의 세계이며,
집착의 세계에서 벗어나 대 자유의 세계로 들어섬을 말합니다.

소태산 대종사님의 깨달음의 빛이
훤히 비춰서
더욱더 밝은 생활
더한층 지혜로운 생활
그래서 내 삶속에서 은혜가 넘치는
행복한 생활이 되시길 간절히 염원합니다.

2015. 4. 24

어제 KBS1 TV 특집다큐로 "세계인 동양정신에 길을 묻다" 2편인
'뉴욕에서 부처를 만나다'가 방송되었습니다.
늦은 시간이라 직접 시청을 못하고 오늘 아침 일찍 인터넷을 통해
보게 되었지요.
세계 정치·경제·문화의 중심이라고 할 수 있는 뉴욕.
그곳에 살고 있는 뉴욕주민들이 받아들이는 불교의 모습은 신선
한 충격이었습니다.

더 나은 것, 더 편리한 것을 추구하면서 물질문명 속에서 앞만 보
고 달리던 서양인들이 동양정신, 특히 불교의 명상에 심취하면서
불교를 종전과는 다른 방식으로 이해하고 받아들이는 내용입니
다.
한마디로 미국의 불교는 심리학과 과학과 불교가 통합된 형태입
니다.
신神 중심, 교단敎團 중심의 종교를 탈피하여 마음의 평화와 행복
을 가져다주는 실용불교로 탈바꿈하고 있는 것이지요.
불교의 열린 마음으로 신앙을 강요하지 않고 유대인도 기독교인
도 법회에 참석하여 명상을 하고 마음의 행복을 찾습니다.

그 모습들을 보면서 미래시대의 종교의 모습은
'탈종교脫宗敎 시대의 종교'가 될 것이라는 학부시절 종교학 교수
님의 말씀이 떠올라 혼자 미소 지었습니다.

미국불교의 한 변화의 축을 이루는 그 가운데 원불교가 서 있음이 강조되고 있음에 큰 자부심을 느낄 수 있었습니다.

다큐를 시청하면서 다만 아쉬운 점은, 실용주의에 기초한 미국불교가 아직은 '명상'이라는 한 면만 부각되고 있다는 느낌입니다. 좀 욕심을 부려본다면, 수양·연구·취사의 원만한 삼학수행과 더불어 사은·사요의 실천을 통해 개인의 행복뿐 아니라 우리 모두의 행복, 다 함께 행복한 낙원건설로 나아가야 한다는 소망을 가져봅니다.

5월 첫날입니다.
맑고 화창한 날씨가 너무 좋고
화단에 핀 철쭉꽃이 빛나게 아름답고
연푸른 신록들의 활기참이 기운을 샘솟게 합니다.

맞이하는 시간마다
깊고 넓게 행복하시길 기원합니다.

2015. 5. 1

노원역에서 집으로 가는 버스를 탔습니다.

갑자기 귀에 익은 소리가 들리는 거예요.

'웬 소리지?' 가만히 귀 기울여 보니 라디오에서 흘러나오는 경종 소리였던 겁니다.

'아, 원음방송이구나.'

반가운 마음과 더불어 한편으로는 신기하기도 하고 또 한편으로는 왠지 모를 자부심이 생기더군요.

참 고마운 일입니다.

기사님 개인만 청취하는 것이 아니라 택시나 버스에 탄 승객들이 좋은 음악을 듣고 좋은 법문을 들을 기회를 제공하니까 말이죠. 복 짓는 일이기도 하고요. 그분들이 대부분 원불교 교도님은 아닐 것입니다.

이렇게 불특정 다수, 일반대중에게 라디오나 TV 등 대중매체가 갖는 파급효과는 대단하지요. 우리 원남교당에도 원음방송을 듣고 찾아온 청년이 지금은 입교하여 알뜰한 교도로 활동하고 있는 것을 보면 그 영향력과 간접교화를 넘어 직접교화의 효과를 체감하게 됩니다.

저의 사촌 중에도 가끔 집안 행사 때 만나게 되면 자연 원음방송이 화제가 되기도 합니다. 원불교를 믿지는 않지만 경종 소리를 들으면서 마음이 정화됨을 느끼고, 좋은 법문을 들으면서 자신의 생활을 챙긴다고 하더군요. 일일이 열거할 수는 없지만 원음의 메아리가 널리 널리 퍼져가고 있음은 분명한 사실입니다.

생각해보면 20여 년 전 교단의 상황을 볼 때 라디오 방송국은 힘에 부치는 사업으로 기억합니다. 아직도 많은 어려움이 있으리라 짐작 정도만 합니다. 그런데 제가 중요하게 생각하는 것은 일찍이 미래를 내다보는 지도자의 혜안慧眼과 교단 발전에 꼭 필요한 부분을 불굴의 의지로써 해내는 개척정신입니다. 원불교 TV개국도 라디오 방송이 없었으면 요원했을 것이기 때문이지요.

오늘은 어버이날입니다.
감사와 존경과 보은의 마음을 가득 담아봅니다.
365일 매일이면 좋겠지만 오늘 하루만이라도 이 마음으로 살았으면 합니다.

감사합니다.
사랑합니다.

2015. 5. 8

저도 모르게 TV채널을 팍 돌립니다.

싫어하는 개그맨이 나오기 때문이지요.

그 코너가 재미없다기보다 그 사람이 싫은 건데 그 코너에 나오는
다른 개그맨들까지도 거부한 겁니다.

싫은 사람, 미운 사람.

가까운 인연이기도 하고, 세상에 이름난 사람들도 있습니다.

TV에 나오는 사람들이야 내 맘대로 채널을 돌려버릴 수 있지만

가까운 인연을 돌려버릴 수는 없습니다.

싫어도 함께 해야 합니다.

원증회고怨憎會苦는 싫어하고 미워하는 사람과 만나는 고통 입니다.

어쩌다 가끔이 아니라 매일 그 사람과 마주쳐야 한다면 어떨까
요?

지옥이 따로 없을 것입니다.

왜 그 사람이 밉게 보일까요?

나에게 서운하게 했거나 해를 끼쳤거나

내가 싫어하는 거슬리는 행동을 하기 때문이지요.

그런데 자세히 살펴보면

나의 관념과 상과 욕심에 의해 잘못된 미움이 쌓이는 경우가 많은

것 같아요.
그 사람의 미운 한 행동이 그 사람 자체를 미운 사람으로 낙인찍
어 버리는 경우도 있고요.

세상을 살다보면 준 것 없이 미운 사람이 있고, 주고도 예쁜 사람
이 있습니다.
다 인연작복因緣作福의 소치이지요.
미운 사람을 당장 예쁜 사람으로 돌릴 순 없지만 미움을 놓고 사
는 지혜가 필요합니다.
어떻게 하면 미운마음이 사라질까요?

장점을 발견하는 노력을 해보세요.
나에게 허물이 없나 돌아보세요.
누군가 나를 미워한다면 어떨까 입장 바꿔 생각해 보세요.
원래 그런 사람이다 단정 짓지 말고 부처로 바라봐 주세요.
어찌할 수 없다면 측은지심惻隱之心으로 다가서 보세요.

병이 나도록 죽도록 미운 마음이 나면 심각하지요.
이런 경우 내가 오히려 미움의 감옥에 갇혀있는 것이고 독毒을 품
고 사는 것입니다.
진정 그 사람의 큰 잘못으로 인해 미움이 생겼다면 용서하는 너그
러운 마음을 가져보세요.

마지막으로
미움을 없게 하기보다는

마음에 욕심을 떼고 마음을 텅 비워보세요.

소태산 대종사님께서는 이렇게 말씀하시죠.
"좋은 사람이야 누가 잘못 보느냐.
미운 사람을 잘 보는 것이 이른바 대자대비의 행이니라."

미운 사람 미워할 것도 없고
나를 미워한다고 서러워할 것도 없고
예쁜 사람 과찬할 것도 없고
그대로 하나로 보는 것이
평상심平常心이요, 무시선無時禪입니다.

무심無心으로
오늘도 행복하시길 기원합니다.

2015. 5. 15

: 청소 무시선

요즘 교당에서 청소시간이 많이 늘어났습니다.
간사가 영산선학대로 근무지 이동을 했기 때문입니다.
매일 아침 외부청소와 오후에 소법당 청소가 제 몫이 되었습니다.
마치 30년 전 간사시절로 되돌아간 듯한 느낌입니다.

이왕 하는 것 기쁜 마음으로 하자고 마음먹습니다.
시간이 더 들고 몸도 전보다 바삐 움직여야 하지만 한편으론 청소
하는 기쁨과 행복도 있습니다.
시간을 전보다는 더 알뜰하게 쓰고, 게으름에서도 약간은 벗어날
있고, 몸 건강도 자연 따라오는 것 같습니다.
오히려 청소시간이 휴식이고 충전의 공간이 되기도 합니다.

그런데 무엇보다도 가장 큰 소득과 기쁨은
청소 무시선 공부의 맛을 보는 것입니다.
청소 무시선 공부를 어떻게 하느냐고요?

청소라는 게 아주 단순한 일이죠. 복잡하게 머리 쓸 것도 없고요.
오직 깨끗하게 쓸고 닦으면 됩니다. 그 가운데 일심으로 하면 그
게 청소 무시선입니다.

일심이라고 해서 정신을 마구 집중하는 것이 아닙니다.
한가하고 넉넉한 마음으로 청소합니다.

사념망상邪念妄想이 없이 자연스럽게 몸이 움직입니다.
쓸고 닦긴 하지만 마음이 어느 한 곳에 머물지 않습니다.
무념무상無念無想으로 청소하는 나만 있습니다.
깨어 있는 나만 있습니다.

비로 바닥 쓰는 소리가 경쾌하게 들리고, 진공청소기의 굉음도 거슬리지 않습니다.
빡빡 닦이는 걸레와 바닥의 마찰음도 자연스럽게 들립니다.
일을 하되 힘들다는 느낌이 없습니다.
다급한 마음도 없습니다.
한가하고 넉넉한 마음 그대로 청소 무시선입니다.

이렇게 청소 무시선으로 깨끗하게 쓸린 마당과
말끔하게 닦여진 법당을 보노라면 기분이 좋아집니다.
마음청소까지 깨끗하게 한 느낌입니다.

무시선이 청소에만 한정될까요.
매사 매 순간 그 마음으로 여일如一하면 좋겠습니다.

전 또 청소하러 갑니다.

2015. 5. 22

자동차 정기검사를 하러 갔어요.
접수증과 차량 등록증을 담당직원에게 내밀었는데
"차량번호가 틀리네요." 하는 거예요.
'이게 무슨 일이래?'
그때야 차량번호를 재빨리 확인했죠.

저는 검사해야 할 차가 당연히 SM5로 알고 있었는데, 그날 검사
차량은 스타렉스 승합차였던 겁니다. 착각하고 차량을 잘 못 가져
간 거지요. 다 저의 부주의에서 온 실수였어요. 더 꼼꼼하게 챙기
고 확인을 했더라면 이런 당황스러운 일은 없었을 텐데 말이죠.
평소에 "온전한 생각으로 취사"하는 공부심이 부족한 티가 난 겁
니다.

우리는 이렇게 예기치 못한 갑작스러운 일을 당하거나 당연하다
고 생각했던 것이 다르게 나타날 때 순간 당황하게 됩니다.
이러한 상황과 마주할 때 우선 중요한 것은 그 당황함을 침착함으
로 돌리는 작업입니다.
어찌할 바 모르고 허둥대는 얕은 수양심이 아니라 마음의 안정
을 얻은 후 바른 생각과 취사를 하는 것이 옳은 순서라는 생각
입니다.
그런 다음 왜 이런 상황이 되었을까를 곰곰이 돌아보는 거죠.
그런데 결국 모든 원인이 나에게 있음을 부인할 수 없습니다.

내가 좀 더 주의했더라면
내가 좀 더 살폈더라면
내가 좀 더 공부했더라면 하는 반성을 하게 되죠.
그리고 더 중요한 것이 있죠.
내가 확실하고 당연하다고 여기는 일들이
혹시 착각과 망상은 아닌지 살피는 것입니다.

우리는 간혹 사실을 실제와 다르게 지각知覺하거나 생각하는 착
각을 하게 됩니다. 어두운 밤길에 새끼줄을 보고 뱀으로 착각하는
것처럼 말이죠. 심지어 그러한 잘못된 판단을 확신하는 망상이라
는 병에 빠질 수도 있어요.

만약 그러한 착각과 망상의 시간이 길어지고, 그것도 작은 일이
아니라 인생에서 중대한 일이라면 다시 되돌리는데 까지 얼마나
고생스럽고 손해가 클까요?

어떠세요.
혹시 나의 삶의 일부분이 착각과 망상에 사로잡혀 있지는 않나
요?
제가 자동차 검사 때 착각한 것처럼 말이죠.
사실을 바로 볼 수 있으므로 행복하길 기원합니다.

2015. 5. 29

원만이의 편지 | 마음 클리너

: **일상의 성화**聖化

어느 일간지를 읽는데 '일상의 성화'라는 표현이 나오더군요.
왠지 특별한 느낌으로 다가와졌어요.
'일상의 행복'이라는 말은 많이 들어봤지만 '일상의 성화'는 좀 생소했거든요.
'일상의 성화'란 주어진 일상을 성스럽게 받아들이고 일상생활을 거룩하게 만들어야 함이 아닐까 생각해 보았어요.
성인들만이 아니라 보통 사람들도 '일상의 성화'가 가능하지 않을까요?

글의 말미에 작가는 이렇게 말하더군요.
"일상을 하찮게 여기지 않고
예술로 만들어낼 수 있는 여유
고요가 살아있는 시간을
우리 안에 끌어들일 수 있어야 하는 것이다."

다람쥐 쳇바퀴 돌듯 무의미하게 일상이 반복되기도 합니다.
도대체 왜 사는지 어떻게 사는 것이 의미 있는 삶인지 답을 모른 채 먹고 자고 싸는 동물적 본능이 나의 일상을 지배하기도 합니다.
누구에게나 똑같이 주어지는 하루 24시간이지만 성스러운 삶을 살 수도 있고, 속됨의 나락으로 떨어질 수도 있죠.
결국 어떤 마음가짐으로 사느냐가 중요합니다.

바깥으로만 치달았던 무거운 욕망을
내면의 맑은 고요로 돌이킬 때
나의 몸이 살아나고
니의 마음이 살아나고
나의 생활이 거룩하게 살아납니다.

번잡함이 아닌
평화를 즐길 수 있는 여유로움이
바로 성스러운 마음입니다.
그리고 그 마음으로 생활하면 '일상의 성화'가 되지 않을까요?

그런데 말이죠.
우리들의 삶, 그대로가 바로 성스러움입니다.
"내가 부처다." 라는 불성佛性의 관점에서 보면 나의 일상 매 순간
이 성스러움 아님이 없습니다.

밥을 먹는 것도
잠을 자는 것도
책을 읽는 것도
가족 또는 좋은 인연들과 대화를 하는 것도
바로 성스러움 그대로의 모습입니다.

단,
부처의 마음으로 깨어있을 때
일상의 성화는 꽃을 피우겠지요.

성스러움으로 충만할 때
나의 일상은 그대로 신앙이 되고 수행이 됩니다.

오늘도 성스러운 성자적 삶으로 행복하세요.

2015. 6. 5

며칠 전 자세히 보니 교당 2층 올라가는 계단 왼쪽 화단의 철쭉이 시들어 있는 모습이 보였습니다. 화단의 흙이 가물어서 생긴 일이 지요. 재빨리 물을 흠뻑 주었더니 곧 생기를 찾더군요.

어제는 오랜만에 창경궁 산책을 나갔어요.
그런데 말이죠.
창경궁의 그 넓은 광장의 잔디가 완전 메말라 있는 거예요. 파릇 파릇 생기를 띠어야 할 잔디가 오랜 가뭄에 타들어 가고 있습니 다. 주변의 작은 나무들도 축 처져 보였고요.
뉴스 보도에 의하면 중부지방의 강바닥과 저수지가 바닥을 드러 내고 있다고 합니다.
바닥은 거북의 등가죽처럼 쩍쩍 갈라지고
들판엔 마른먼지만 날리고 있습니다. 해갈을 위한 단비가 필요한 요즘입니다.

80년대 민주화운동이 한창일 때 민중가요 "타는 목마름으로 민주 주의여 만세"를 불렀지요. 80년대에는 민주주의를 타는 목마름으 로 외쳤다면 지금 우리 시대에 타는 목마름은 무엇일까 생각해 봅 니다.

이렇게 타들어 가는 목구멍에
'여유와 여백'의 물이 필요하다는 생각입니다.

사회는 극도로 경직되어 가고 있고, 사람들의 마음은 가뭄에 쩍쩍 갈라져 있습니다. 특히 메르스 사태로 인한 한국사회는 정서적으로나 사회 제도적으로나 메마른 땅처럼 타들어 가고 있는 듯 보입니다.

국가의 품격은 무너지고 너무 다급해 보입니다.

'여유와 여백'이 없어 보입니다.

급할수록 돌아가라는 말이 있죠.

여유가 먼저 필요하다는 것이지요.

찬찬히 생각해 보라는 것입니다.

여유 뒤에 깊은 생각, 밝은 지혜가 나올 수 있습니다.

창조, 창의의 밑바탕은 바로 여유입니다.

순수자연과 순수마음을 찾는 것이 오히려 우선입니다.

목마른 자가 샘을 판다고 했습니다.

이번 가뭄에 임시처방의 해갈이 아니라 샘을 파는 지혜를 찾았으면 합니다.

여유와 지혜의 샘만이 우리의 삶을 풍요롭게 하니까요.

덥고 때론 짜증이 나지만 희망 또한 함께합니다.

2015. 6. 12

서울에서 하늘을 보고 산다는 것이 쉽지 않습니다.

하늘이야 언제나 그 자리에 있지만, 우리의 눈이 하늘을 자주 향하지 않은 듯합니다. 산에 오르면 드넓게 펼쳐진 하늘이 자연스럽게 들어오겠지만, 도시풍경에서는 건물과 차와 사람에 갇혀 있는 모습입니다.

어릴 적 살았던 제 고향은 산과 들판과 하늘만이 있었던 기억이 납니다. 들판에 누워 하늘을 바라보노라면 세상 부러울 것 없는 마음의 풍요가 있었지요.

맑고 밝은 하늘이라면 더 없이 좋겠지만 가끔이라도 눈을 들어 하늘을 보면 좋겠습니다. 그래야 우리들 마음속에 하늘을 품고 살 수 있으니까요.

원불교 2대 종법사이셨던 정산 송규 종사는 이렇게 말씀하셨죠.

"그대들은 허공이 되라.

허공은 비었으므로 일체 만물을 소유하나니

우리도 대인이 되려면 그 마음이 허공 같이 되어야 하느니라."

우리의 본래 마음은 허공입니다.

텅 빈 마음, 걸림이 없는 마음, 넓고 넓어서 일체만물을 품어 안을 수 있는 너른 품을 가지고 있지요.

우리 삶에 하늘을 보고

허공이 되는 마음을 가져보면 어떨까요?

빈 마음으로 사람들과 두루 화하고
작은 욕심과 이익에 물들지 않고
사랑하고 미워하는 감정에 매이지 않고
오직 빈 마음 허공이 된다면
그 사람이 참다운 부자일 것입니다.

비행기를 타고 구름 위의 창공을 바라보게 되면 더 할 수 없는 기
쁨이 찾아들곤 합니다.
정신이 맑고 상쾌해집니다.
마음이 한없이 넓어집니다.

좁고 가난한 마음이 아니라
일체만물을 품어 안을 수 있는 허공 같은 마음
그 마음을 품고 사는 우리는
행복한 사람입니다.

2015. 6. 19

: 내 삶의 쉼표

익산을 자주 오가곤 합니다.
시간을 다투는 급한 일이 아니면 KTX를 타지 않고 가격도 싸고
휴식 취하기도 편리한 버스를 탑니다.
그런데 무엇보다도 버스 타는 기쁨은 잠깐 들리는 휴게소에 있습
니다. 화장실을 가고, 청량한 공기를 쐬고, 가끔 핫바나 호두과자
를 사먹는 재미가 쏠쏠 합니다.

', ' 쉼표.
문장을 쓸 때도 노래를 부를 때도 필요하지요.
나의 삶에 서도 꼭 필요한 것이 쉼표입니다.
멈추지 않고 무언가를 얻기 위해
온정신을 쏟는 인생길에서 오히려 먼 길을 가기 위해
삶의 쉼표가 필요하다는 생각입니다.

주변을 관찰하고
멀리 돌아보고
멀리 내다보며 놓친 것은 없는지
더 새로운 길이 있는지
무엇을 더 잘할 수 있을지 생각의 여유를 갖는 것입니다.

음악에서는
온쉼표, 이분쉼표, 4분 쉼표 등

그 쉼의 길이가 다르게 표시하고 있습니다.

우리 인생에도
상황에 따라 그 쉼표의 길이가 다를 것입니다.
길게 쉬는 곳
짧게 쉬는 곳이 있다는 거지요.

우리 삶은 한편의 노래입니다.
악보에 그려진 그 변화무쌍한 음표들의 향연 속에서
쉼표는
휴식이며, 여유이며
새로운 출발을 위한 준비입니다.

몸도 쉼이 필요하고
정신에도 쉼이 필요합니다.
쉼표는 정지가 아니라 비움입니다.

숨 한번 크게 쉬고 다음 노래를 부르면 됩니다.
가다 못 가면, 가다 힘들면
쉬었다 가면 됩니다.

우리 삶의 쉼표는 어떤 모습일까요?

여행이 쉼표가 될 수 있고,
훈련 또는 법회가 쉼표가 될 수도 있지요.

맛있는 식사와 친한 벗과의 수다도 쉼표에 들지 않을까요?

저에겐 창경궁의 산책이
일상의 쉼표입니다.
그리고 가끔 대학로 빽다방(Back's coffee)에서
혼자 즐기는 '바닐라 라떼' 한 잔이 쉼표가 되기도 합니다.

당신이 부르는 노래에는
어디에 쉼표를 찍으시겠습니까?

2015.6.26

대학생 한 명이 길을 가다 우연히 교당에 오게 되었어요.
어떤 이끌림이 있었는지는 몰라도, 너무나 쉽게 법회나 교무들에
게 친숙함을 보이고 있지요. 그 친구 왈, 원불교 와서 가장 인상
깊었던 것이 '경종소리'라네요.

경종소리를 듣고 있으면 마음이 차분해지고 왠지 모를 신비감에
싸이기도 하죠. 특히 새벽에 울리는 경종소리는 고요한 새벽하늘
을 여는 큰 울림이 있습니다.

교당에서 경종을 치는 일은 주로 저의 몫입니다.
새벽에 천지를 깨우는 33번의 종소리
법회나 의식에서 시방세계에 울려 퍼지는 10번의 종소리
상황에 따라 그 길이와 음색이 다릅니다.
새벽 경종은 여음이 오래 가도록 치고
법회 때는 경건하고 성스러운 마음으로 치고
천도법문을 올릴 때는 간곡하게 치게 됩니다.

어느 교도님이 그러시더군요.
일요법회 때 제가 경종을 치면 마치 영산성지에서 맑은 바람이 불
어오는 듯한 느낌이 든다고요. 그 이후부터 경종 칠 때 더욱 정성
을 다하고 있지요.

경종을 치는 데에도 중도中道가 필요합니다.
너무 강하게 쳐서도 안 되고
너무 약해도 안 됩니다.
듣기에 적당한 소리, 좋은 소리가 있습니다.

경종의 어느 부위를 치느냐
경종채의 어느 부분으로 치느냐
찍어서 치느냐, 밀면서 치느냐에 따라 소리는 달라집니다.
이렇듯 소리의 중도를 찾는 것이 매우 중요합니다.

좋은 소리는 맑고 고운 소리이며
북돋고 살리는 소리이며
여유 있고 은은한 소리입니다.

내 마음이
요란하고
어리석어지고
그름이 생길 때
경종소리를 떠올려 보면 어떨까요?

댕~~ 하고 울리는
경종소리가
우리를 낙원으로 인도합니다.

2015. 7. 3

요즘 몸이 아팠습니다.

목감기로 3주간이나 고생했고, 감기가 나을만하니 또 허리를 다쳐
힘들게 생활한 지도 열흘이 다 되어갑니다.

아주 심한 정도가 아니어서 그럭저럭 버틸 만했지만 정상적인 생
활과 비교해보니 몸도 마음도 힘든 시간이었습니다. 만사가 귀찮
아지고 무기력했습니다.

이렇게 몸이 아프게 된 이유를 생각해 보니 더운 여름이 되면서
제 몸을 너무 느슨하게 한 탓인 듯합니다.

평소에 즐기던 산책과 운동도 더위에 한발 물러서 있었거든요.

도가에서 제일 중요한 것이 마음공부라 하지만 몸 공부 또한 무척
중요합니다.

우리가 몸과 마음을 따로 생각하곤 하지만 결국 몸과 마음은 하나
임이 분명합니다. 몸이 아프면 마음도 처지고 약해지고 마음이 괴
로우면 몸도 즉각적으로 반응합니다.

심한 스트레스를 받거나 깊은 고민이 생기면 먼저 소화부터 안 되
지요. 몸이 먼저 반응하는 것입니다.

몸 공부는 내 몸에 대해 잘 알고 잘 관리하고 잘 사용하는 공부일
것입니다.

몸을 청결하게 하고 적당한 운동과 좋은 음식을 알맞게 먹는 습관
을 길들이는 것이 몸 공부를 잘하는 사람입니다.

우리는 몸을 부려 쓸려고만 했지 몸을 아끼고 보호하고 위하는 몸
불공을 소홀히 있지 않은지 반성해 봅니다.
소홀함을 넘어 혹사하는 것은 아닌지요?

이 몸이 아프고 보니 또 하나 중요한 사실이 있더군요.
다른 사람의 아픔을 내 아픔으로 느끼느냐는 반성입니다.
내가 직접 아프면 병을 낫기 위해 부산을 떨지만 가깝게 내 가족
이 아프너라도 내 몸 아픈 것만은 못하다는 것이지요.

불교『유마경』에
"중생이 병들매 보살도 병을 앓는다."는 말이 있습니다.

내 가까운 가족과 이웃의 아픔을 나의 아픔으로 느끼고
그 고통과 치유를 함께 할 수 있는
보살정신을 생각해 봅니다.

2015. 7. 10

원만이의 편지 | 마음 클리너

지난주 만덕산훈련원 교도 정기훈련에 교도님들과 함께 다녀왔습니다. 진안 만덕산은 소태산 대종사님과 12분의 제자들이 원불교 최초의 선(훈련)을 났던 초선성지初禪聖地입니다. 이런 연유로 만덕산 훈련에서 가장 핵심 되는 프로그램은 초선지 기도이지요.

초선지 기도는 새벽에 올라가는 것으로 되어 있었는데, 전날부터 비가 왔기 때문에 걱정을 하였지요. 그래서 새벽에 일어나자마자 창문부터 열어 보았어요. 큰비가 내리지 않아 안심하였습니다.

약 30여 분을 걸어올라 드디어 초선터에 도착했습니다.

잘 정리된 산길을 오르게 되어 그리 큰 힘은 들지 않았지만 땀이 온몸을 적시었습니다.

초선터 옆 시원한 약수를 마시니 금세 더위가 가시더군요.

초선터 야외법당에 약 100명의 선객이 제각기 자리를 잡습니다.

기도가 시작되고 입정에 듭니다. 빗소리가 나지막이 들립니다.

새벽의 맑은 기운과 빗소리의 청아한 소리가 한데 어울려 이내 마음은 안정되고 깊은 호흡으로 선정삼매에 듭니다.

천지여아동일체天地與我同一體가 됩니다.

훈련원장님의 간절한 염원을 담아 참석한 교도님 한분 한분의 이름들이 호명됩니다.

이어 만덕산 초선인연 등 기원문과 원남교당 천일기도 기도문을

정성 다해 올린 후 천지 부모 동포 법률, 법신불 사은전에 사배를
올립니다.

한마음 한 소리로 울려 퍼지는 독경소리, 시방삼계가 청정하여짐
을 느낍니다.
간절함, 정성 다함으로
'원하옵니다. 심원송心願頌'을 부른 뒤 기도를 마쳤습니다.

초선터에서 내려오는 길, 빗님도 개고 발걸음도 가볍습니다.
정다운 도반과 담소를 나누면서 법정을 두텁게 합니다.
아, 만덕산 초선터 기도는 오랫동안 잊지 못할 감동입니다.
그 감동의 역사에 빗님이 한 몫 단단히 했습니다.

저는 이 시간 오덕훈련원에 와 있습니다.
우리 원남 청년들과 훈련의 감동을 함께 하기 위해서입니다.

2015. 7. 17

원만이의 편지 | 마음 클리너

다섯

고요한 밤 홀로 앉아

우리에겐 시간이 필요합니다.
사람을 사귀는데도
변화된 인격을 위해서도
무언가를 이루기 위해서도 시간은 매우 중요합니다.

지나버린 시간은 되돌릴 수 없고
더욱이 오지 않은 미래의 시간은 무의미합니다.
결국, 우리는 찰나의 현재와 마주할 뿐입니다.
우리가 현재에 충실해야 하는 이유입니다.

하루 24시간, 1년 365일
누구에게나 똑같은 시간이 평등하게 주어지지만
활용하는데 있어서는 사람마다 다르게 나타나지요.

선禪을 하는 사람
기계를 연구하는 사람
아무 할 일도 없이 그저 노는 사람

시간이 흐른 뒤
세 사람의 모습이 달라져 있을 것은 자명합니다.

"백 년의 탐낸 물건은 하루아침의 티끌과 같고 사흘의 마음공부는

천 년의 보배가 된다."는 성현의 말씀이 있습니다.

당신은 지금 무엇을 하는 데 시간을 보내고 있나요?

오늘로써 원만이의 편지가
100번째 전달됩니다.
저의 편지는 우리 일상에서 마주치는 작은 감각과 감상들입니다.
밝은 눈으로 보려 했고
따뜻한 가슴으로 품어보려 했습니다.
많이 부족하지만
여러분과 함께하는 기쁨으로 행복했습니다.

한편, 매주 편지를 써야 한다는 압박감이
저를 편치 못하게 한 적도 여러 번 있었다는 것이
솔직한 고백입니다.
그래도 다행스럽고 저 자신이 대견스러운 것은
지금까지 한번도 빠지거나 늦지 않게 편지를 배달한 것입니다.

이 자리를 빌려
특히 고맙게 생각하는 것은 부족한 제 편지에
매번 정성스럽게 일일이 답장을 보내준 분들입니다.
이분들의 교감과 지지가 큰 힘이 되었습니다.

제 편지의 일관된 주제는
'원만이가 꿈꾸는 행복한 삶'입니다.

둥글둥글 원만한 마음
둥글둥글 원만한 사람
둥글둥글 원만한 세상을 위한
저의 노력은 앞으로도 계속될 것입니다.

감사합니다.

2015. 7. 24

직장생활에 꽤 스트레스를 받는 친구가
이젠 도저히 못 참겠다고 합니다.
처음엔 '내가 좀 참아야지' 했는데
시간이 지날수록 그 '참음'을 계속 쌓아만 두는 자신의 모습을 발견했더랍니다.
직장을 관둘 수도 없고
업무상 함께 부딪쳐야 하는 사람을 피할 수도 없고요.
이럴 땐 어떻게 해야 할까요?

제가 이렇게 얘기했죠.
내 생각을 고집하지 말고 상대방과 일에 대해
"그래. 그럴 수도 있지 뭐."
이해하고 수용하는 마음을 가지면 좋겠다고요.
그랬더니 그 친구가 하는 말
"처음엔 그럴 수도 있지. 뭐" 했는데
이젠, "도대체 저 사람 왜 저러지?"라는 생각만 든다고 합니다.

참 난감한 문제입니다.
싫어하는 타인을 이해하고
나쁜 상황을 평상심으로 받아들인다는 것은 쉬운 일이 아닙니다.
이럴 땐 타인을 바꾸려 하지 말고
먼저 내 마음을 살피는 것이 중요할 것 같아요.

우선 '그래, 그럴 수도 있지. 뭐'라고
상대방과 나와 그 일에 대해 긍정의 여유를 갖는 거지요.

알고 보면 불편한 마음, 힘들어 하는 마음,
짜증 나는 마음도 내 마음입니다.
'이러한 마음이 일어나서는 안 돼.'라는 강박증으로 내 마음을 억
압하지 말고
'이럴 수도 있고, 저럴 수도 있다.'라고 해보는 겁니다.

그러면서
나의 기준에 상대방을 꿰 맞추려 하고
내가 좋아하는 것을 상대방에게 강요하고
내가 싫다는 것으로 상대방을 억압하지는 않았는지
자기를 살피는 것입니다.

그래도 도대체 이해가 안 될 경우
이렇다저렇다, 옳다 그르다 따지려 하지 말고 모든 분별을 놓고
판단을 중지시켜 보세요.
본래 없는 그 자리로 돌아가 보세요.
그러면 맑고 깨끗한 마음에서 우러나오는
지혜의 눈으로 현상을 바로 볼 수 있을 것입니다.
그때, 자연스럽게 '그래, 그럴 수도 있지. 뭐'
라고 말할 수 있지 않을까요?

그런 연습을 하다 보면

우리의 삶이
좀 더 행복해지지 않을까요?

2015. 7. 31

아침심고를 올린 뒤 좌복坐服을 펴고 앉습니다.
이른 새벽임에도 8월의 무더위는 낮과 다르지 않습니다.

소법당 창문을 활짝 열어봅니다.
기대한 바람은 없고 열린 창으로 새 지저귀는 소리만 들어옵니다.
서로 다투듯 번갈아 자기 소리를 내는 걸 보니 여러 종류의 새인
가 봅니다.

계속 울어댑니다.
문득, '아, 나무가 있으니 새가 울지.'라는 한 생각이 떠오릅니다.
그래요. 새는 나무에 앉아서 웁니다.
사실 이 새가 우는 소리인지, 웃는 소리인지는 알 수 없지요.
아무튼 교당에 나무가 많으니 새들이 날아오는 것이고,
그 나무에 앉아 소리를 내는 것입니다.
나무가 없으면 새도 없습니다.

나무는 새들의 쉴 곳입니다.
머무는 시간이 얼마가 되었건 새들은 나무 위에서 쉬기도 하고
서로 대화를 나누기도 할 것입니다.
나무와 새는 서로 짝하여 하나의 숲을 이룹니다.
숲에는 나무만 있는 것이 아니죠.
이끼와 풀과 짐승과 새들이 함께 숲을 이룹니다.
모두 숲속의 한 가족입니다.

원남교당은 도심 속에 있지만, 숲속의 교당 같습니다.
경쾌한 새소리로 매일 새벽을 열고
낮에는 시원한 그늘을 드리우고
저녁엔 깊은 고요 속으로 들어갑니다.
나무가 새들의 쉼터이듯이
교당은 세상의 쉼터가 되고 싶습니다.

삶에 지쳐 힘겨우면 잠시 쉬어가고
아픔이 있으면 위로받고
작은 기쁨이라도 함께 나누는 곳
그래서 교당은 마음의 숲이 되고 싶습니다.

요즘 날씨가 무척 덥죠.
하루에도 몇 번씩 냉수 샤워로 더위를 피해 보지만 흐르는 땀을
어찌할 수는 없습니다.
'그래. 여름이니까 덥지.'
마음을 편히 가져보는 수밖에요.

이곳은 원불교가 발생한 영산성지,
저는 지금 마음의 고향에 와 있습니다.
삼밭재에서 바라보는 영산은
참 아름답습니다.

2015. 8. 7

1

영산 성지순례를 맘먹은 것은 원불교 포털사이트에 올라온
성지순례 다큐 영상을 보고 나서였습니다.
가족과 함께라면 좋겠지만 혼자만의 여행도 나름 진한 매력이 있
지요.

지난 8월 6일(목) 아침 7시 영광행 고속버스에 그리움을 싣고 달
려갑니다. 이른 아침 버스여행의 시작은 무조건 취침입니다.
잠시 휴식을 취한 뒤 깨어보니
벌써 넓은들 김제평야와 마주합니다.
찌는 무더위에도 힘차게 자라는 벼들을 보니
눈이 시원하고 가슴이 뻥 뚫리는 기분입니다.

영광터미널에 도착한 시간이 10시 20분.
길룡리 가는 버스를 타려면 1시간도 넘게 남았습니다.
남는 게 시간인지라 정류장 주변 이곳 저곳을 둘러봅니다.
방앗간, 양품점, 미장원, 정육점, 짜장면 집……
다 시골스럽고 정겹습니다.

더위를 가시려 오랜만에 막대 아이스크림도 하나 사 먹고
시골 어르신들과 섞여 대형 선풍기 바람도 쐽니다.

정류장에는 모두 나이 많은 어르신들뿐입니다.

읍내 나와 장도 보고 일도 보고 이젠 집으로 가는 길인가 봅니다.

가만히 앉아서 한 분 한 분의 표정들을 살펴봅니다.

시골의 순박함이 그대로 배어 있고

얼굴엔 고생의 주름이 확연히 드러납니다.

드디어 영산성지로 가는 버스가 왔습니다.

저는 맨 뒷자리에 앉습니다.

기사님이 와일드한 건지, 시골길이 거친 건지,

시골버스가 위아래, 위아래로 로데오 춤을 춥니다.

미끈한 아스팔트 평지 길보다 훨씬 정겨움이 묻어납니다.

드디어 영산성지에 도착.

강렬한 태양 빛이 너무나 뜨겁습니다.

숨쉬기도 곤란할 정도로 푹푹 찝니다.

96년 전, 8월의 영산도 이처럼 뜨거웠을 것입니다.

먼저, 대각전과 영모 전에 참배를 올리고

영산사무소 식구들과 낯선 인사를 나누고 점심을 먹습니다.

언제나 그랬듯이 맛있는 영산의 밥입니다.

2

삼밭재는 좀 선선해진 초저녁에 가기로 하고

오후엔 성지순례를 하기로 합니다.

12시 30분.

아, 한 낮입니다.
이 뜨거운 태양 빛 아래 걷는다는 것은
죽음이지 않을까 싶습니다.
'그래, 일단 연꽃방죽 모정으로 피해보자.'
영광 10경 중 하나인 연꽃군락.
보은강 연못에 백련과 홍련이 어울려 아름답게 피어 있습니다.
흰 연꽃은 출가出家, 붉은 연꽃은 재가在家를 의미한다고 하네요.

모정에 앉아 신선놀음을 시작합니다.
뙤약볕이라 나갈 수도 없어 책을 읽다가 드러눕기도 합니다.
살랑살랑 불어오는 낮은 바람이 무더위를 살짝 데려갑니다.
생각을 내기도 하고 생각을 비워버리기도 합니다.
혼자 대화하기도 하고
때로는 불어오는 바람에게
또 때로는 멋진 자태를 뽐내는 소나무에게
말을 걸어보기도 합니다.

한가합니다.
근심 걱정이 없이 유유자적하게 노닙니다.
이렇게 '혼자 놀기'의 달인이 되어갑니다.
어느새 두시간이 훌쩍 지나갑니다.
이제 모정을 떠나 발길을 옮겨볼까 합니다.
정관평의 논길을 거닐어 보기로 했습니다.

정관평.

버려진 갯벌을 막아 꿈에 그리던 농토를 얻었을 때의 그 기쁨은
어떠했을까요?

거의 맨손으로
오직 일심합력一心合力으로 만들어 낸
2만 6천여 평의 땅
불가능을 가능으로 만들어낸 영육쌍전靈肉雙全의 산 증거 입니다.

바라보니 온통 연녹색의 바다입니다.
불어오는 바람에 뉘어지는 벼들의 모습이 정갈합니다.
논바닥에는 친환경 농법의 증거인 우렁이가
여기저기 옮겨 다닙니다.
영산성지사무소 빡빡이 김형진 교무는
이렇게 친환경 농법으로 유기농 명인에 지정되었답니다.

영산 성지순례는 머리로가 아니라
온몸으로 느껴보라고 했지요.

이렇게
온 눈으로
온 귀로
온 코로
온 입으로 영산의 한여름을 느껴봅니다.

소태산 대종사님과
아홉 분 선진님들께서 정성 다해 일구셨던
교단 개척의 역사를 온 마음으로 느껴봅니다.

3

이제 구간도실九間道室로 향합니다.
원불교 최초의 교당.
낮에는 방언공사로 저녁에는 법인기도의 모임 장소였지요.
이곳에서 백지혈인白紙血印의 법인성사法認聖事가 이루어졌습니
다.
넓고 정갈한 법인광장이 저를 반깁니다.
뜨거웠던 8월의 기도소리가 들리는 듯합니다.

"사무여한死無餘恨"
'죽어도 여한이 없다.'

어떤 마음이었을까?
얼마나 믿음이 굳고 간절했으면
가장 소중한 생명까지 내놓을 생각을 하셨을까?

이 생명 다 바쳐서
하늘에 올린 서원
아, 백지혈인 법계인증!

그래서 우리는
자랑스러운 법인法認의 후예입니다.

가지런히 두 손 합장하고
아홉 분 선진님과
마음과 기운으로 온통 하나가 됩니다.

이제 소태산 대종사 탄생가로 발길을 옮깁니다.
1891년 5월 5일 이곳에서 태어나
어릴 때는 '진섭'이라는 이름으로
14세까지 우주와 인생에 대한 궁극적인 물음으로
대각의 꿈을 키우셨던 곳
이곳에서 옥녀봉의 구름을 잡기 위해 올라가셨으리라.

우선, 집안을 한 바퀴 쭉 돌아봅니다.
뒤 칸에는 시골 살 때 많이 보았던 덕석(멍석)이 참 반갑게 느껴
집니다.
내 고향 장수에서도 이 여름에 덕석을 깔고 그 위에 고추를 널었
고, 가을엔 벼를 말렸지요.
돌담도 가지런하고 흙 마당도 깔끔하게 정리되었네요.

툇마루에 걸터앉습니다.
아직도 뜨거운 태양이 내리쬡니다.
이 더위는 피해야겠고
저녁 식사인 6시까지는 달리 마땅한 계획도 없습니다.

이곳에서 죽치고 있을 수밖에요.
연꽃방죽 모정에서와 마찬가지로 더위를 피해 그늘에 앉았으니
또 혼자 놀기의 진수를 선보일 차례입니다.

챙겨간 혜민 스님의 책
『멈추면, 비로소 보이는 것들』을 읽습니다.
이 상황에서는 이 책이 제격입니다.
잠시 책을 덮고 마루에 누워 낮잠을 잡니다.
앉아 있을 땐 느낄 수 없었던 바람이
누우니 더 다정하게 불어옵니다.
이렇게 저렇게 한참을 보내다 보니
탄생가 입구에 활짝 핀 백일홍이 눈에 들어옵니다.
백일 동안이나 붉게 물들이는 꽃이
뜨거운 여름을 더욱 붉게 합니다.

이제 마지막 대각터입니다.
1916년 4월 28일
대각의 함성이 울려 퍼졌던 곳
새 하늘이 열리고
'원불교'가 새 시대의 새 종교로 그 시작을 알린 곳

가는 길 고추밭에는 빨갛게 익은 고추가 탐스럽고
밭 가장자리에는 옥수수가 알알이 잘도 익어갑니다.
작은 동네이긴 하지만
날씨가 더워서 그런지 오가는 사람이 전혀 없습니다.

원만이의 편지 | 마음 클리너

그 인적 없음이
혼자 여행하는 사람에겐 더 큰 평화의 시간을 선물합니다.

대각터 광장의 풀이 무성합니다.
주변의 소나무도 최근 전지가 되지 않아서 그런지 너무 무겁게 버티고 있는 듯 보입니다.
광장 진입로를 파헤쳐놓은 걸 보니, 곧 대각터 장엄 공사를 하려나 봅니다.
대각터에 올 때마다, 약 30년 전 원청 법인기도 때 밤새 장대비를 맞으며 기도했던 기억이 떠오릅니다.
대각터 양쪽의 백일홍 나무도 덩치는 더 커졌지만
그 모습 그대로 남아있는 것으로 보여 좋았습니다.
그러나 대각터 장엄공사가 끝나면
그때 그 소박하지만, 대각의 기쁨을 담아냈던 작은 흔적들이 없어지지 않을까 걱정이 됩니다.

그래도 100년 전 그 날
후천개벽의 새 세상을 열었던
소태산 대종사의 깨달음과 함께 했던 팽나무와
노루목을 지켰던 바위는 그 자리를 지킬 것입니다.

대각터 앞 구멍가게에서 오늘 저녁 삼밭재 기도터에서 먹을 컵라면과 새우깡 한 봉지를 사서 배낭에 넣습니다.
대각터에서 성지사무소로 향하는 길은
커다란 느티나무가 양 옆으로 긴 그늘을 만들어 놓았습니다.

해도 서쪽으로 향해 가고 있고 오늘의 저의 성지순례도
이렇게 마무리되어 갑니다.

2015. 8. 14

1

영산성지를 온 것이 7년 만인 것 같습니다.

영산에 살아보진 않았지만
교무들에겐 영산은 마음의 고향 같은 곳이지요.

부교무 시절
심적으로 참 힘든 상황에서 무작정 영산성지에 달려와
삼밭재에서 하룻밤을 홀로 머문 적이 있었지요.
지금도 기억이 생생합니다.
별이 총총 쏟아지는 저녁에
마당바위에 앉아 천지여아동일체天地與我同一體의 심정으로
기도를 올렸었지요.

영산사무소 덕무님께서 참 고맙게도 요기하라며 누룽지와 밑반찬
그리고 탐스런 복숭아 두 알을 챙겨주십니다.
덕무님은 제가 대학원 근무할 때 예비 도무·덕무 훈련에서 선생
과 학생으로 만난 인연인데 이곳에서 이렇게 도움을 받게 되네요.
인연이란 참으로 소중하다는 것을 다시 느낍니다.
처음엔 새벽에 기도 마치고 아침식사 전에 내려올까도 생각했
지만 여유 있게 삼밭재에 머물고 싶어 챙겨준 음식을 받아 들었
습니다.
자, 이제 삼밭재로 출발합니다.

대각교를 지나 삼밭재 쪽으로 향합니다.
해가 넘어가기 전이라 무더위는 아직도 지칠 줄을 모릅니다.
민가를 지나 이제 본격적으로 오르막 산행이 시작됩니다.
조금 오르니 산 오른편에서 꿀을 따는 아저씨가 말을 건넵니다.
"이 늦은 시간에 산행을 하세요?"
"네. 삼밭재 기도하러 갑니다."
아저씨의 눈에 제가 이상하게 보였나 봅니다.

호흡을 가다듬고 느긋하게 올라가자 마음먹습니다.
그런데 이내 땀이 흐르기 시작하고 온몸이 땀으로 젖었습니다.
나무 우거진 숲길이 아니라
내리쬐는 햇볕을 그대로 받습니다.
삼밭재까지 가는 거리를 어림짐작해 걷곤 있는데 처음보다 마음
이 조급해집니다.
'어, 이 정도면 도착할 때가 된 것 같은데……'
숨을 깊이 몰아쉽니다. 도저히 안되겠습니다.
'좀 쉬었다 가야겠다.'
배낭을 내려놓고 물을 마십니다.

2

잠깐 앉아 더운 땀을 식히고 다시 출발합니다.
올라도, 다시 올라도 삼밭재는 바로 나타나지 않습니다.
날씨가 진짜 덥긴 더운가 봅니다.
할 수 없이 또다시 휴식.

206

나이 탓인가, 운동 부족 탓인가, 아니면 진짜 날씨 탓인가.
참 힘겹게 올라갑니다.
암벽을 지나는 걸 보니 이제 대충 왔다는 생각이 듭니다.
조금 뒤 오르니 '삼밭재 마당바위' 표지석이 보입니다.
다행입니다.

드디어 왔네요.
잠시 가쁜 숨을 가다듬고 마당바위에 서서
영산성지 쪽을 향해 심고를 올립니다.
그리고 천지, 부모, 동포, 법률 사은전에 대례를 올립니다.
11세부터 5년 동안 눈이 오나 비가 오나
그 어린 대종사는 하루도 빠짐없이 이곳 삼밭재 기도를 했다니
그 쉼 없는 정성심에 그저 감탄할 따름입니다.

잠겨있던 기도터 문을 활짝 열고 짐을 풉니다.
우선 목욕부터 해야겠습니다.
기도터 옆 삼령정蔘嶺井의 시원한 물로 온몸을 적십니다.
이 시간에 올 사람도 없으니 신경 쓸 것도 없이 자연인이 됩니다.
깊은 산속에 혼자 자유를 만끽합니다.

참 고마운 마음이 듭니다.
이곳에 기도터를 마련해주어 언제든지 기도할 수 있게 해주었으
니까요.
취침, 취사 등 큰 불편함이 없습니다.

씻기와 짐 정리를 마치고 기도준비를 합니다.
촛불을 켜고 좌정합니다.
좌종을 울립니다.
소리가 맑고 그 울림이 은은하고 넓어 좋습니다.
입정에 듭니다.
호흡에 일심하다가 호흡마저 놓고
삼밭재의 신령스러운 기운과 하나가 됩니다.

기도문을 올립니다.
기도는 두 가지입니다.
첫 번째 기도는 저의 서원기도이고,
두 번째 기도는 고3 수험생 아들 원준이를 위한 기도입니다.
제발 아빠의 기도발이 좀 통해야 할 텐데요.
심고가, 독경, 심원송으로 저녁기도를 마칩니다.

3
이제 오늘 하루를 정리하고 잠자리에 들 시간입니다.
상시일기를 쓰고 자리에 눕습니다.
소등을 합니다.
이제 고요한 어둠으로 들어갑니다.

바로 잠이 들지 못합니다.
외딴곳 혼자 산속에서 잠을 자려니 잠깐 두려움이 듭니다.
이내 일어나는 두려움이라는 분별심을 놓아봅니다.

방법은 놓아야겠다는 생각이 아니라
그 상황을 있는 그대로 받아들이는 것입니다.
새소리가 들리면 들리는 대로
나방이 종이창에 부딪히며 나는 소리도 그대로 인정합니다.
처음에 느꼈던 약간의 두려움이 편안함으로 바뀝니다.
이제 잠속으로 빠져듭니다.

그다음 날
아침 새벽 좌선과 기도
간단한 아침식사와 여유로운 커피 한잔
그리고 오전 기도로 삼밭재 기도를 마무리합니다.
오는 뒷사람을 위해 청소도 말끔히 합니다.

내려오는 길은 그리 가볍고 좋을 수가 없습니다.
산을 오를 때와 내려갈 때가 이렇게 다릅니다.
텅 빈 충만함으로 새로운 기운을 얻습니다.
저의 영산성지 순례와 삼밭재 기도는 이렇게 끝을 맺습니다.

감사합니다.
정말 감사합니다.
다음엔 가족 또는 도반과 함께 하는
성지순례이길 염원합니다.

2015. 8. 21

: **꽃잎을 쓸다**

얕은 태풍이 지나간 뒤라 그런지 매우 선선해졌습니다.
오늘 아침 좌선시간엔 선풍기를 켜지 않았습니다.
제법 쌀쌀한 기운이 전해지는 걸 보니 이제 가을의 문턱인가 봅
니다.

아침 식사 후 바깥 청소를 합니다.
먼저 성급하게 떨어진 연녹색의 은행잎을 쓸고 이어 교당 올라오
는 길을 씁니다.
그 길은 아침마다 꽃길이 됩니다.
밤새 떨어진 백일홍 꽃잎이 듬뿍 쌓여 있거든요.
백일 동안 붉게 피는 꽃, 백일홍.
그 꽃잎을 쓸면서 한 감상이 떠오릅니다.

꽃은 피고 집니다.
아무리 아름다운 꽃도 영원하지 않습니다.
백일동안 피는 꽃이라 해서 처음 핀 꽃이 백일을 가는 것이 아니
라 피고 지기를 무수히 반복합니다.

피어있는 꽃은 아름답지만
시들어 떨어진 꽃은 금방 추하게 됩니다.
그래서 쓸어 없애야 하고 이제 한갓 쓸모없는 쓰레기가 됩니다.
그 꽃이 나무에 피어있을 때는 싱싱하고 아름다운 꽃이지만 떨어

210

지니 힘없이 나뒹구는 시들은 꽃잎이 되는 것이죠.

꽃이 아름답다는 사실은 변하지 않습니다.
다만 그 꽃이 변한다는 것이
우리들에게 추하다는 상념을 만들어 냅니다.
사실 꽃이 피고 지는 것은 하나의 변화일 뿐입니다.
변화를 변화로 받아들이면
거기에서 오는 슬픔이나 안타까움, 괴로움도 없겠지요.
그러나 '꽃은 싱싱하고 아름다워야 해'
라는 한 생각에 집착하게 되면 꽃이 시듦은 애처로움으로 다가옵
니다.
마른 꽃잎, 떨어진 꽃도 나름의 아름다움이 있는데 말이죠.

모처럼 점심 후 창경궁을 갔습니다.
선선한 바람이 창경궁에도 머뭅니다.
호수를 바라봅니다.
물속의 잉어, 물 위의 오리들이 정겹게 노닙니다.
다투지 않고 서로를 배려하며 함께 합니다.
평화롭습니다.
내 마음이 편안하기에 평화롭게 보이는 것이겠지요.

선선한 바람이 당신의 창가에도
머무시길 기원합니다.

2015. 8. 28

자기 처지에 만족한다는 것이 쉽지 않은 일이죠.
더 많은 것을 가지려 하고
더 많은 것을 얻으려 합니다.

더 많은 돈을
더 높은 지위를
더 나은 명예를 구하려는 인간의 욕심은 한이 없는 것 같습니다.
올라갈 줄만 알았지 내려갈 줄은 모르고
떨어지면 떨어졌지 스스로 내려올 줄을 모릅니다.

살림살이만 해도 그렇습니다.
24평 아파트에 적당할 가족과 살림살이임에도
36평, 50평의 더 넓은 집, 더 좋은 집을 원합니다.

'지족자부知足者富'라는 말이 있죠.
즉 현재에 만족할 줄 아는 사람이 부자입니다.
지혜 있는 사람은 세상을 살아가는데
십 분의 육만 뜻에 맞으면 그에 만족하고 감사를 느낍니다.
또한 진리의 은혜로
원하는 것을 다 얻더라도 이에 자만하지 않고 이를 나눌 줄 압니다.
결국 만족할 줄 모르기 때문에 모든 재앙이 이에 따라 일어나죠.
만족하는 삶은 감사와 기쁨으로 사는 삶이며,

나누어 즐기므로 더 큰 복으로 되돌아옵니다.

욕심의 수위를 낮출 때
욕심의 집착에서 벗어날 때
마음의 평화가 찾아옵니다.
더 많이 있어 더 높은 지위에 있어 행복한 것이 아니라
그 상황에 만족하고 감사할 때 진정 행복할 수 있습니다.
또한 진정한 만족은 내가 가진 것을 다른 사람과 나눌 때 기쁨으
로 다가옵니다.
꼭 물질적인 것이 아니어도 되죠.

따뜻한 마음
다정스러운 미소
힘이 나는 칭찬과 격려의 말 한마디
그를 위한 기도
작지만 큰 나눔이죠.

비울 때 잔잔히 스며드는
마음의 기쁨
마음이 왠지 편안해집니다.

2015. 9. 4

어릴 적, 시골 살 때 어머니는 두 종류의 심부름을 시키셨습니다.
하나는 이웃집에서 물건을 빌려오는 일이었고, 다른 하나는 음식
이나 좋은 물건이 있으면 이웃에 갖다 주는 일이었습니다.
어린 마음에 빌려올 때는 그렇게 싫을 수가 없었고,
무언가를 줄 때는 뿌듯하고 기쁠 수가 없었습니다.
주는 기쁨은 받는 기쁨보다 큰 것 같아요.
주고 또 주면 나의 것이 없어질 것 같지만
주어서 빈자리는 담을 그릇이 되고,
그 그릇에는 더 많은 은혜와 복과 물질이 가득 찹니다.

참으로 묘한 이치입니다.

은혜를 베풀고 물질을 나누며 생각합니다.
누구를 위하여 주는 것인가!
나의 기쁨만을 위한 것은 아닐까?
내가 받기 위해 주는 것은 아닐까?

은혜를 베풀고도 베풀었다는 관념과 상相을 놓지 못하면
그것은 오히려 나에게 원망하는 마음을 내게 하고 죄로 화하게 합
니다.

이 또한 참으로 묘한 이치입니다.

214

공중 일을 하며 공가公家에서 사는 공인公人이기에
순간순간 생각하게 됩니다.
내가 많은 사람의 은혜를 받고 살 만한 일을 하고 있는가.
만약 그렇지 못하다면 공중에 큰 빚을 지는 사람이 되기 때문입니다.
그래서 마음을 챙겨 하나라도 많은 사람에게 나누어주려 하고
같은 것을 가지고도 국한 없이 베풀어서
그 은혜가 세계에 미치도록 하여 달라고 기도를 합니다.

상相없이 주는 기쁨은 끊임없이 샘솟는
어머니의 사랑과도 같은 그런 기쁨일 것입니다.
주는 기쁨, 나누는 기쁨에 오늘도 행복합니다.

2015. 9. 11

:   오늘도 나를 찾자

원불교 중도훈련원에는
성산 성정철 종사의 글이 걸려 있습니다.

"오늘도 나를 찾고 내일도 나를 찾자.
오늘도 나를 놓고 내일도 나를 놓자."

글씨는 매우 소박하고 글 내용도 별것 아닌 것 같으나
생각하면 생각할수록 깊은 의미가 있는 글입니다.

온갖 경계 속에서 바삐 살다 보면 나를 잃고 사는 경우가 많습니다. 어떤 때는 '도대체 내가 뭘 하고 있지?'라는 생각에 깜짝 놀라기도 합니다. 스스로 마음을 잃기도 하지만 내 마음을 빼앗는 강력한 경계들이 너무 많습니다.
특히 눈과 귀와 입을 통해 온갖 유혹의 손길이 뻗칩니다.
물질에 빼앗기고 희로애락의 격한 감정들이 혼을 빼앗아 갑니다.
특히 화가 일어날 때 마음은 분노의 불길에 흔적 없이 타들어가고 맙니다.

이렇게 잃고, 빼앗기며 살고 있는데
나는 얼마나 나를 찾고
나의 참모습, 본성을 회복하기 위해 노력하고 있나요?
혹시 나를 잃고 산다는 것도 모르는 것은 아닌지요.

잃어버린 물건을 찾기 위해서는 온갖 노력을 다하지만
잃어버린 마음을 찾기 위한 노력을 하지 않으니
이것이 참 걱정입니다.

눈을 감고 호흡을 가다듬은 뒤 가만히 생각해 보세요.
잃어버린, 잃고 사는 나의 모습을요.

순수했던 나,
진실했던 나,
열정적이었던 나,
헌신적이었던 나,
감사와 은혜로 충만했던 나,
환한 미소로 가득했던 나.

나를 찾는 것은
나의 본래 마음을 찾는 것보다 더 중요한 것이 없을 것입니다.
텅 비어 고요한 본래 마음으로 살다 보면
더 이상 나를 잃는 일은 없을 테니까요.

나를 찾는 행복한 여정은
오늘 뿐만 아니라
내일도 계속됩니다.

2015. 9. 18

가을에 접어들면서 가로수 잎들이 하나둘씩 떨어지기 시작합니다.
오늘 아침에도 교당 앞 가로수 길을 쓸었지요.
그런데 쓸어 놓은 길을 뒤돌아보니 어느새 또 다른 나뭇잎이 떨어
져있는 거예요.
다시 쓸려다가 내버려 두었습니다.
'그래. 가을이지. 떨어지는 것이 당연한 거야.'
그러면서 오 헨리의 단편소설 『마지막 잎새 The Last Leaf』가
문득 떠올랐습니다.

삶의 희망을 잃어가는 존시를 위해
떨어지지 않는 잎새를 그리고 죽어간 베어먼 노인
마지막 잎새를 보고 누군가는 희망을 찾고
그 희망을 찾아주기 위해 또 누군가는 자신을 희생하지요.

낙엽 떨어짐은 자연스러움입니다.
삶의 희망의 끈은 끝까지 포기하지 말아야 하지만
욕망과 집착의 매달림은 과감히 놓아야 합니다.

나를 놓는 공부.
욕심과 번뇌에 집착된 나를 놓는 것은 마음이 허공처럼 텅 비어야
가능하지요.
한줌 밖에 안 되는 욕망과 집착이 나의 자유를 구속합니다.

생生에 집착하고,
재물에 집착하고,
명예에 집착하고,
인연에 집착합니다.

이 모두 욕망의 그림자입니다.

나에게 일어나는
원망
불평
불만

끝까지 놓지 못하고 붙들고 있지는 않는지요.
주견과 아상에 사로잡혀 있지는 않는지요.

결국
나를 놓는다는 것은
욕망을 내려놓는다는 것이고
나를 놓는 진정한 길은
본래 내가 없음을 확인하는 것입니다.

내일모레면 추석 명절입니다.
오가는 길 안전하게
만나는 인연마다 웃음 가득, 행복 가득한

즐거운 추석되시길 기원합니다.

팔월 한가위 달만큼이나
둥글고 두렷한 마음달도 구경하세요.

2015. 9. 25

10월입니다.
가을은 결실의 계절입니다.
지난 추석 때 본 황금들판이 지금도 눈앞에 생생합니다.

소태산 대종사님께서는
『대종경』 인과품 17장에서 이렇게 말씀하셨죠.

"농부가 봄에 씨 뿌리지 않으면
가을에 거둘 것이 없나니
이것이 인과의 원칙이라,
어찌 농사에만 한한 일이리요."

네. 그렇습니다.
우리는 풍요로운 가을 들녘을 바라보며
뿌리고, 가꾸고, 보살핀
농부님의 진실하고 성실한 땀을 생각합니다.

농사야
봄에 씨 뿌리고 가을에 거두지만
마음농사를 짓는 우리는
매 순간 몸과 입과 마음으로 농사를 짓지요.

내가 심는 종자는 선의 종자인지, 악의 종자인지
마음 밭의 풀은 잘 매고 잘 가꾸고 있는지
또 때에 맞춰 거름은 잘하는지
마음 밭을 키우고 넓히는데 소홀하지 않는지

이 가을에
저의 마음농사를 가만히 살펴봅니다.

지난 교무훈련 때 영산성지에서 농사를 짓는
유기농 명인 교무님이 해준 말이 기억납니다.
농사짓는 많은 사람이 건강한 먹거리가 아닌 생산량 증가를 위한
탐욕적 농사를 짓는다고요.
그래서 땅을 버리고 결국 인간에게 해害를 주게 된다고요.

그래서 오늘은 특별히
유기농 마음농사에 대해 생각해 봅니다.

유기농 마음농사?

마음을 건강하게 하는 마음농사
한 번에 끝나는 것이 아니라 지속해서 짓는 마음농사
혼자만 잘살기 위함이 아니라
모두 함께 잘 살게 하는 마음농사

유기농이 친환경, 무농약이라고 볼 때 유기농 마음농사의 핵심은

독성이 없는 순수자연 아닐까요?
탐·진·치에 물들지 않는 마음 말이죠.

건강한 마음농사로 행복하세요.

2015. 10. 2

이제 나뭇잎들이 가을옷을 입기 시작합니다.
서서히 물들기 시작하는 단풍잎을 보면서
자연의 변화가 주는 깨달음과 마주합니다.

수도인에게 있어 가을은 적공의 계절이라고 말합니다.
요즘 저는 잠자리에 들기 전에 창문을 열고 잠시 좌선에 듭니다.
이렇게 고요한 밤 홀로 앉아 마음고향을 찾아갑니다.

오늘 하루 동안
일에
인연 맺기에
얼마나 바빴던가요?

좋은 일만 있었겠어요?
짜증 나는 일도
못마땅한 일도 있었지요.

이제
좋고 나쁨도 다 놓고
깊은 마음의 고향으로 돌아갑니다.
큰 휴식을 통해
또다시

새로운 내일을 준비합니다.

약간 서늘한 가을 기운이
참 좋습니다.
도심 속 선방禪房이 됩니다.

이 가을엔 곡식이 영글듯
기운도 함께 영글어 가는 것 같습니다.

가을 열매가 달듯이
아침과 저녁에 쌓이는 기운이
참 달게 느껴집니다.
깊게 가라앉은
침잠沈潛의 기운이어서 더욱 좋습니다.

이런 날은
이런 성가 가사가 떠오릅니다.

"조그마한 우주선에 이 한 몸 태우고서
다북 찬 호연대기浩然大氣 노 삼아 저어가니
아마도 방외유객方外遊客은 나뿐인가 하노라."

행복한 가을날 되세요.

2015. 10. 9

원남교당에서는 전 교도가 지난 10월 4일부터 감사일기를 쓰고 있습니다.

오는 11월 8일 좋은 인연 초대법회 주제가 "감사생활"인데 한 달 동안 직접 실천해 보자는 취지이지요.

교도님들만 하고 교무는 시키기만 해서는 안 될 것 같아 저도 함께 쓰기로 했습니다.

감사할 일이 생기면 그때 할 수도 있지만, 하루를 반성하는 저녁일기를 쓸 때 감사일기를 기록하고 있습니다.

무심코 지나쳤던 일들이 새롭게 보입니다.

약간의 원망심이 일어나는 일을 당하더라도 거기에서 감사심을 발견하려고 노력 합니다.

그러면 묘하게도 어둡게 보였던 상황이 밝아지는 경험을 하게 됩니다.

머리로만 생각하는 감사생활과 직접 일기로 써서 느끼는 감사생활은 확연히 차이가 있습니다.

하루 생활이 감사로 충만해지고 하루의 시작과 끝맺음이 산뜻해 집니다.

감사할 일이 얼마나 되겠어?

어제 했던 건데 또 해도 되나?

작은 것 한 가지라도 찾는 노력이 소중하고
반복적인 행위라 하더라도
어떤 마음,
어떤 느낌으로 받아들이느냐가 중요하겠지요.

교무님!
억지로 찾는 것이 무슨 효과가 있을까요?
자연히 우러나오는 감사가 아니면 자칫 위선이라고 생각한 것이
지요.

이런 말이 있죠.
행복해서 웃는 것이 아니라 웃으면 행복해진다고요.
진짜 감사할 일이 많아서 감사일기를 쓸 수도 있지만
비록 당장은 괴로움에 해당하는 일이라도 거기에서 감사를 발견
하자는 것이지요.
이렇게 하다 보면
그 괴로움이 변해서 즐거움이 된다는 이치를 깨닫게 되지요.
결국 원망할 일도 감사가 됩니다.

감사생활로 오늘도
행복 충전하는 생활이 되길 기도합니다.

2015. 10. 16

교당 앞 큰 이웃이 있습니다. 메이풀 호텔인데요.

1년이 넘다 보니 이젠 호텔에 종사하시는 분들과 인사를 나눕니다.

오늘도 교당 앞 주차장을 쓸고 있는데,

"아저씨, 안녕하세요." 하는 거예요.

당연히 저에게 인사하는 겁니다. 그 아저씨에겐 저도 아저씨입니다.

"네. 안녕하세요."라고 응답하긴 했지만 속으로 웃음이 나왔습니다. 그분에겐 제가 아침에 청소하는 모습만 봤으니 '아저씨'로 보는 게 당연하지요.

그런데 제 마음속엔

'아니, 저 양반은 항상 아저씨래.'라며 혼자 속으로 푸념을 합니다. 그 분이 호텔에서 어떤 직급에 어떤 일을 하는지 정확히 모릅니다. 옷차림새나 쓰레기 정리하는 것을 보면 아마도 관리직에서 일하고 있음을 짐작하지요.

그러면서 이런 생각을 해봅니다.

'나도 그 분을 관리인으로 보는데, 그 분이 내가 교무인지 모르지 않는가.'

평상복을 입고 청소하는 모습을 보면 영락없이 원남교당 관리인 아저씨로 볼 수 있다는 것이지요.

이러다 보니 굳이 저분에게 내가 원불교 교무이고, "앞으로는 교무라고 불러주세요."라고 할 것이 무엇 있겠느냐는 생각에 미치게 되더군요.

지금까지 나를 편하게 대했을 텐데, 내가 일부러 그 분의 마음을 어렵게 만들 필요가 있겠느냐는 생각에 그냥 내버려 두자는 생각이 들더군요. 옆집 할머니도 저를 '총무님'이라고 부르니 말입니다.

"집에 들면 노복 같고 들에 나면 농부 같고
산에 나면 목동 같고 길에 나면 고노孤老 같이
그렁저렁 공부하여 천하 농판 되어 보소.
천하 농판 되는 사람 뜻이 있게 하고 보면
천하제일 아닐런가."

창경궁을 산책 했습니다.
이젠 단풍으로 가을색이 완연합니다.
봄·여름·가을·겨울 계절마다 제 색깔, 제 모습을 띠면서 변해갑니다.

설교 단상에 서면 교무 같고
마당을 쓸면 관리인 아저씨 같고
운전을 하면 운전사 같은 나의 모습
그 누가 '나' 아니겠습니까?

2015. 10. 23

오늘은 제게 좀 특별한 날이었어요.
왜냐고요?
제가 이번에 책을 내게 되었는데 인쇄소에서 드디어 책이 나왔거든요.
그야말로 따끈따끈한 책입니다.

책 제목은
『돌이 서서 물소리를 듣다』

원남교당 선법회 때 설교한 내용을 정리한
의두·성리 설교집입니다.
소태산 대종사님의 성리법문인
"변산구곡로 석립청수성 무무역무무 비비역비비"에서
석립청수성石立聽水聲을 제목으로 정했지요.

여러모로 부족하지만 용기를 내 책을 낸 가장 큰 이유는 감정勘定과 공유共有를 위해서입니다.
출가 30년, 교무 23년.
그동안의 공부를 설교집을 통해 정리한 것이고요.
스승님으로부터의 지도와 감정, 동지와 대중으로부터의 공유와 평가를 받기 위함입니다.

이 책을 내면서 시절인연을 생각해 봅니다.

원남교당에 오지 않았으면……

선법회 설교를 맡지 않았다면……

그리고 또, 절묘하게 원불교 100년과 시절인연이 닿았던 거지요.

이 책은 저의 책만이 아니라 원남교당 교도님들과 함께 낸 책이라 생각합니다. 선법회 설교를 통해 함께 공감하면서 보내주신 눈빛을 잊을 수 없습니다.

따뜻하면서도 번뜩이는 눈빛 말이죠.

공부 잘하는 학생의 비법은 뭐니 뭐니 해도 예습 복습을 잘하는 것이지요.

함께 했던 분들과는 이 책이 그동안 공부한 것을 복습하는 계기가 되고, 의두·성리를 처음 공부하는 분들에게는 예습하는 기회가 되었으면 좋겠습니다.

복습의 방법은 글만 복습하는 것이 아니겠지요.

배워 알아 행하고 또 행하는 실행공부가 반드시 뒤따라야 할 것입니다.

책을 내는 것은

나를 세상에 내놓는 것이라 생각합니다.

독자와의 진실한 만남이길 기도하고

많은 응원 부탁드립니다.

2015. 10. 30

누가 그러더라고요.
좋은 인연만 초대하는 거냐고요.
어찌 그러겠어요?

인연의 좋고 나쁨이란 원래 없지요.
나의 이해에 따라 그렇게 좋고 나쁨을 편가름 하는 것 같아요.
세상을 살아보니 좋은 인연이 있는가 하면 낮은 인연이 있는 것도
사실입니다.
죽네 사네 하는 인연 대부분은 나와 가장 가까운 인연들이지요.
그런데 그러한 인연들에서 불편함을 불러일으킨다면 얼마나 괴롭
겠습니까?

정산 송규 종사께서는
"복 중에는 인연복이 제일이요
인연 중에는 불연佛緣이 제일"이라고 하셨지요.
불연은 함께 마음공부 하는 인연입니다.
가까운 인연 중에 불연까지 더해지면 얼마나 좋을까요?

원불교에서는 좋은 인연 맺는 방법으로
'감사생활'을 추천합니다.

일상에서 지나치기 쉬운 일, 당연하다고 생각했던 인연들에 대해

감사의 눈으로 바라보자는 것이지요.

저도 지난 한 달 동안 감사일기를 써 보았어요. 하루에 다섯 가지씩 감사한 일들을 써보니 제 생활이 더 즐겁고 은혜로움을 느낄 수 있었습니다.
감사생활을 하면 그냥 스쳐 지나쳤던 것들이 새롭게 보이기 시작합니다.
감사의 눈으로 바라보면 그 속에서 은혜를 발견하게 되고 감사 보은의 마음이 살아나게 되더군요.

이번 좋은인연 초대법회의 주제가 "감사생활"이고
이 주제에 따라 감상담, 설법, 즉문즉답, 중창공연 등이 마련되어 있어요. 오시면 감사편지 쓰기, 소원카드 쓰기 등 참여마당도 있답니다. 이번 초대법회가 더 좋은 인연 맺는 소중한 시간이 되면 좋겠어요. 특히 자녀들과 함께 한가족 법회를 본다면 더할 나위가 없겠지요.

이제 계절은 가을을 지나 겨울의 문턱을 향하고 있습니다.
따뜻한 온기가 필요한 때입니다.

11월 8일(일)
좋은인연 초대법회에
함께 하면 행복해집니다.

2015. 11. 6

오늘 원준이가 수능을 봤어요.
시험은 아들이 보는데 오히려 제가 하루 종일 긴장하며 보낸 것 같아요.
밥을 먹는데도 무슨 맛인지 잘 모르겠더라고요.

교당에서 시험시간에 맞춰 네 차례 기도를 올렸지요.
이 시간, 아빠로서 해줄 건 기도밖에 없더라고요.
다른 때보다 더 간절하게 기도하긴 했지만 긴장되고 떨리는 건 아빠의 마음이기 때문이겠지요.

시험이 끝난 뒤 걸어 나오는 원준이의 표정부터 살피게 되더군요.
비교적 편안해 보여서 일단은 안심하고,
"수고 했다. 원준아." 힘껏 안아주었지요.

집에 돌아와 바로 채점을 하는데, 원준이가 얼마나 떨렸겠어요?
저 또한 가채점 결과가 어떻게 나올지 걱정된 마음에 애써 그 상황을 피해 안방으로 가 TV만 보았지요.
성적이 나오고 실수로 틀린 문제에 아쉬움과 걱정이 앞설 때는 저 또한 낙담이 되더군요.
결과가 정확히 나와 봐야 하겠지만 그래도 보통 정도는 본 것 같아 다행으로 생각하고 있습니다.

저녁 식사를 하는데 원준이가 철든 소리를 하더군요.
엄마 아빠께 감사드린다고요.
기특하게도 자기가 한 것은 30%이고 나머지는 엄마, 아빠, 선생님 등 많은 분의 도움이라고 하더군요.

그래서 제가 그랬죠.
"아빠는 별로 한 것이 없고, 엄마가 애쓴 것 알지?"
부모, 특히 엄마의 경우 반은 수험생이잖아요.
"그리고 더 애쓴 건 원준이 바로 너야."
"수고했다 원준아. 장하다, 우리 아들."

생각해 보면, 얼마나 기특한지 몰라요.
어릴 적 잠깐만을 '잠만깐' 하던 코흘리개가 벌써 수능을 보고 이제 곧 어엿한 대학생이 된다니요.
세월이 참 빠르다는 생각과 몸도 마음도 부쩍 커버린 원준이가 믿음직하게 보였답니다.

물론 이 시험이 끝은 아니지요.
앞으로 풀어야 할 인생의 과제와 넘어야 할 많은 관문을 생각해 봅니다.
앞으로 원준이가
당당히 지혜롭게 그 길을 헤쳐 나가길
아빠로서 기도해 봅니다.

2015. 11. 13

버스커 버스커 장범준의 '낙엽엔딩'을 듣습니다.

"그대는 모르겠지만
이 몸은 낙엽이 되어
시들지 않는 꽃잎이 되어
오늘도 너를 찾아요."

네. 매일 저를 찾아옵니다.
노래야 가을의 정취가 물씬 묻어나죠.
그런데 말입니다.
요즘 제 마음 같아선 낭만이고 뭐고 빨리 낙엽엔딩이 되었으면 좋
겠습니다.
오늘 아침에도 은행나무, 단풍나무, 감나무, 모과나무 그리고 길가
도로변의 플라타너스 잎까지 낙엽을 쓰는데 1시간이 넘게 걸렸습
니다.
비가 온 뒤에는 두 배로 힘이 듭니다.

저도 낙엽을 꽤 좋아합니다.
떨어진 낙엽 길을 걷는 분위기 있는 가을 남자, 추남秋男이기도 하
고요.
특히 2층 창가에서 노랑 은행잎이 보슬비처럼 내리는 모습을 보
고 있노라면 가을이 전부 내 것인 양 취해보기도 합니다.

감상하기엔 아름답고 낭만적이지만, 그 낭만의 블루스를 추던 낙엽이 치워야 할 쓰레기가 되고 말았습니다.

참 마음이 간사합니다.
좋아했다, 싫어했다.
나뭇잎이야 피고 지고가 자연스러운 일인데
나의 상황과 처지에 따라 이렇게 분별하고 시비이해를 따집니다.
원래 나무가 주는 은혜는 잊어버린 채 말이죠.

새파란 신록으로 바람을 불게 하고
그늘을 드리워 주고
새들의 소리를 듣게 하고
가을의 풍성한 과일을 선물하지요.

아, 이렇게 고마운 것을…….
어리석게도
지금 당장 나에게 오는 해害만을 생각했군요.

이제 마음을 돌려봅니다.
당연한 것으로요.
낙엽이 지는 것도 당연하고
그 낙엽을 쓰는 것도 당연한 일로요.

그래, 너도 한때인 것을

내일 아침엔 어떤 마음일까요?
조금은 편안하게 낙엽을 바라보며 가을의 낭만을 약간은 즐길 수 있지 않을까요?

매일 거리의 낙엽을 치우는 환경미화원분들께 감사드립니다.

2015. 11. 20

:   용서

영화 〈밀양〉은 용서가 현실적으로 얼마나 힘든 것인가를 보여줍니다. 자신의 아들을 죽인 사람을 용서하기 위해 찾아간 교도소에서 주인공(전도연)은 '이미 하느님으로부터 용서받아서 마음이 평온한 살인자'를 만납니다.

분노하죠.
내가 용서하지 않았는데
왜 하나님이 먼저 그를 용서할 수 있단 말인가!

마음에 깊은 상처를 안고
미움과 원망을 품고 사는 사람들이 있습니다.
때론 삭이고 확 뱉어내고 싶지만
현실적으로는 쉽지 않습니다.

용서한다고 말하면서
마음 가운데는
아직도 분노와 원한이 남아 있습니다.
너를 용서하지 않으니 내가 괴로운 겁니다.

원수를 사랑하라.

사랑이 없이

어찌 용서할 수 있겠습니까?

그런데 그 사랑은
정작 타인이 아닌
자신을 사랑하는데서 비롯됩니다.

나를 소중한 존재로 여길 때
아무리 나쁜 사람이라도 용서할 수 있는
마음이 서게 됩니다.

나만 상처를 받았을까요?

전생이라는 먼 기억 속에
나 또한 누군가에게
깊은 상처를 주었을지도 모릅니다.

끝없는 삶 속에서
지금 내가 마주하는 상처와 고통은
결국 과거에 내가 지었던 나의 모습들입니다.

인과의 진리를 받아들일 때
내 마음에 진정한 평화가 찾아옵니다.

용서하는 것은
내가 모를 그 누군가로부터

용서받는 일입니다.

그래서 진정한 용서는
나의 참회에서 시작합니다.

용서할 수 없다고 생각한 사람
용서할 수 없다고 생각한 말
용서할 수 없다고 생각한 행동

상대방이 아닌
나를 위해 우리를 위해
이제 그 미움의 집착을 내려놓을 때입니다.

혹 그런 사람이 있다면
이제
하늘처럼 맑고
바다처럼 넓은
부처님처럼 자비로운 마음으로
모든 것을 용서하고 사랑해 보세요.

2015. 11. 27

천주교 인권위원회 사무실 한쪽에는 이런 글이 걸려있다고 합니다.

"우리 중에 잘사는 사람은
어쩌면 남의 복을 빌려서 그런 건지도 몰라.
또, 못사는 사람은
남에게 복을 빌려주었기 때문인지도 모르지.
그러니 좀 잘산다고 으스댈 것도 아니고,
못산다고 풀 죽을 일도 아니야."

이 말이 맞는다면
잘사는 사람은 겸손하고 미안해하고
못사는 사람은 편안하고 따뜻한 마음을
가질 수 있지 않을까 생각해 봅니다.

잘살고 못사는 것이
가진 것에 있지 않고
주고받는 것에 있음이 분명합니다.

잘사는 사람은
받기보다 먼저 주려고 하는 사람이고
못사는 사람은
주기보다 먼저 받으려고만 하는 사람일 것입니다.

잘살고 못사는 건 타고난 팔자라고 말하기도 합니다.
최근 금수저 흙수저의 논란은 우리 사회의 안타까운 현실의 단면
이기도 합니다.

잘살고 못사는 것이
어쩔 수 없는 운명 같은 것일까요?

지금 받는 모든 것은 다 내가 짓고 받는 것이라는 인과의 진리는
때론 받아들이기 어려운 가혹한 진리가 되기도 합니다.
'나도 진짜 열심히 살았는데 왜 이렇게 안 풀리지.'
이런 생각을 한번 쯤은 다 해보는 것이 우리 인생이지요.

'안빈낙도安貧樂道'
현재의 가난(부족함)을
편안히 받아들이고 도를 즐기라.

그런데, 그 가난에
안주하는 것이 바람직할까요?

소태산 대종사께서는
"면할 수 없는 가난이면 다 태연히 감수하는 한편
미래의 혜복을 준비하는 것으로 낙을 삼으라." 하셨지요.

경제적으로 잘살고 못사는 것이

그 사람의 인격에 대한 평가가 될 수는 없습니다.
인격적 면모와 감화는
그 사람의 마음의 넓이와 깊이에서 오는 것이지
부와 명예와 권력이 그것을 치장할 수는 없는 거지요.

우리들 삶에 필연적으로 따라오게 되는 부귀와 빈천에 대해
초연하고 담박하고 초월하는 한가하고 넉넉한 삶을 기원합니다.

2015. 12. 4

페이스북의 창업자 마크 져커버그(1984~)는 자신이 보유 중인
페이스북의 지분 99%인 450억 달러(52조 원)를 기부할 예정이라
고 합니다.

"모든 부모처럼 우리는 우리가 사는 오늘의 세상보다 더 나은 세
상에서 네가 자라기를 바란다."

새로 태어난 그의 딸(Max)이 살아갈 미래세상을 위해
통큰 기부를 한 거죠.

에리히 프롬의
『소유냐 존재냐』라는 책이 있죠.

길가 어딘가에 예쁜 꽃이 피었을 때
우리는 그 꽃을 꺾어 두 손에 쥐고 싶어 합니다.
그리고 꽃을 더 예쁘게 만든다는 이유로
가지를 잘라내고 꽃잎을 다듬어
자신이 두고 볼 수 있는 꽃병에다 꽂아 둡니다.

하지만 내 곁에 아름다움을 잡아두기 위해 꽃을 꺾고
그것을 다듬어 꽃병에 꽂아두는 순간부터
꽃의 향기는 사라지고 시들고 맙니다.

그 꽃은 처음 있었던 자리에 있을 때만 향기를 잃지 않고 가장 오랫동안 아름다울 수 있지요.

우리는 사랑이란 이름으로 누군가를 소유하려 합니다.
그러나 소유의 마음은 사랑이 아니라 집착일 뿐입니다.
사랑한다면 그를 자유롭게 해주어야 합니다.
진정 사랑한다면 그의 존재 자체를 존중해 주어야 합니다.

미움의 집착보다 오히려 사랑의 집착이 더 클 수 있습니다.
작은 소유는 집착을 낳게 되고 그 집착은 더 큰 것을, 더 많은 것을 잃게 됩니다.

소태산 대종사님께서는
경편철도를 소유하려 하지 않으시고 널리 이용하려 하셨고,
남중리의 아름다운 소나무를 있는 그대로 감상하라 하셨습니다.
사랑하는 마음도 미워하는 마음도 놓으라 하셨습니다.

그렇게
부처님들께서는
무소유로 가장 큰 소유를 하셨습니다.

소유냐 존재냐?
행복한 삶에 대한 물음입니다.

2015. 12. 11

여섯

꽃으로 답하다

혹시 '잉여 스펙'이라고 들어 보셨나요?

좀 생소하죠.
저도 우연히 KBS 뉴스를 통해 알게 되었는데요.
불필요하게 높은 학벌, 학점, 어학점수 등을 잉여 스펙이라고 한
답니다.
잉여 스펙이 있으면 취업 면접에서 오히려 감점이 되기도 한 다
네요.
꼭 필요하겠다고 생각해서 쌓았던 스펙들이 정작 기업에서는 잉
여 스펙으로 본다니 당사자 입장에선 허탈할 것 같습니다.
업무에 꼭 필요한 능력, 업무에 딱 어울리는 능력을 찾는단 얘기
죠. 종합해 보면 실용적인 스펙을 요구한다는 뜻으로 해석됩니다.

저는 마음공부의 잉여 스펙에 대해 생각해 보았습니다.
이 내용은 수요공부방 2학기 종강모임에서 한 얘기인데요.
마음공부 스펙이란 무엇일까?
우선 교도 연차, 훈련 횟수 등이 있을 테고
법호, 법사라는 명칭 또한
마음공부를 통해 얻은 스펙일 것 같아요.

내가 몇 년을 교당 다녔고
법문 사경을 몇 번 했고

전국 훈련원의 훈련은 안 받아 본 것이 없고…….

이러한 내용이 마음공부인으로서 자랑일 수 있어요.
그런데 말이죠.
이렇게 겉으로 보이는 숫자와 불리는 이름들이 명실상부名實相符
하느냐가 중요할 것입니다.
다시 말하면, 이러한 공부를 통해
내 삶에 변화가 있고
다른 사람들로부터 인정을 받고 있느냐입니다.

오히려 경계를 당해서는 제대로 공부심이 발휘되지 않는다면
이런 공부인은
아상산我相山만 높을 것이고
실행이 따르지 않고 아는 것만 내세우는
공부인이 되지 않을까하는 우려입니다.

그래서 제가 수요공부방 공부인들에게 말했죠.
마음공부 하는 사람은
말이나 이름이 아닌
행동으로 보여줘야 한다고요.

나의 삶에 지혜와 복이 충만해야 하고
나의 삶을 보고 인격적 감화를 받고
나의 삶이 은혜로운 삶, 행복한 삶이 되어야 한다고요.

겉으로 보이는 공부 스펙보다
참 실력을 갖추는 것이 중요하다는 생각입니다.

날씨가 추워졌습니다.
건강 유의하시고요.
명실상부한 공부인 되길 염원합니다.

2015. 12. 18

어제는 저녁 식사 마치고 대학로로 산책을 나갔어요.
연말과 크리스마스 성탄 시즌이라 그런지 대학로는 활기찼습니다.
조용하고 한적한 곳도 좋지만, 때론 이렇게 활기찬 젊은이의 거리
를 걷는 것도 기분을 상쾌하게 만듭니다.
마로니에 공원 쪽으로 다가서니 거리 공연을 보기위해 사람들이
모여 있고 음악이 흐르더군요.

가까이 다가갔죠.
유명 가수는 아니었지만 공연의 마지막 노래로
"화이트 크리스마스"를 부르더군요.

"I'm dreaming of a white Christmas"

저야 뭐, 크리스마스를 크게 축복하고 즐기는 사람은 아니지만
캐럴을 듣고 불빛 반짝이는 성탄 트리를 보노라면
축복받는 느낌이 듭니다.

Merry Christmas!

merry는 즐거운, 명랑한 이란 뜻이고
Christ는 그리스도

mass는 미사, 경배의 의미를 있다고 합니다.

따라서 "메리 크리스마스"는
아기 예수의 탄생을 경배하고 축하하며
행복하고 즐거운 성탄절을 위한 인사라고 할 수 있지요.

지리산 청계교당에 근무하는 동창 교무님이 밴드에 사진 한 장을
올렸더군요.
"아기 예수 탄생을 축하합니다. 원불교 청계교당"
작은 읍내 큰 도로변에 걸린 플래카드 내용이었습니다.
조계사에서도 성탄트리 모양의 등을 밝혀
성탄절을 축하한다고 합니다.
따뜻하고 훈훈한 정을 읽을 수 있어 보기 참 좋았습니다.

사랑과 자비와 은혜를 외친
예수님과 부처님과 소태산 대종사님은
한마음 한뜻이고, 한집안 한살림을 하셨지요.

오늘은 38년 만에 크리스마스에 뜨는 보름달인 럭키문lucky moon
을 볼 수 있다고 합니다.

오늘 저녁 크고 밝은 럭키문을 보며
행복한 크리스마스 되시기를 기원합니다.

2015. 12. 25

원만이의 편지 | 마음 클리너

법신불 사은님!
오늘 이렇게 감동의 2015, 원기100년을
마무리하는 기도를 올릴 수 있는
은혜주시니 감사합니다.

일원상 부처님!
당신 앞에만 서면
마음이 참 편안해지고 경건해집니다.
오직 당신께서 저의 기도를 들어주시고
저 또한 당신께 모든 것을 보이고 던지려 했지요.

잘못을 뉘우치기도 하고
작은 일에도 감사를 올리며
때론 떼를 쓰듯 마냥 갈구하기도 했나이다.
올 한해 두 손 가지런히 합장하고
당신께 오로지 기도할 수 있게 해주심에 감사합니다.

가족 이상의 법연으로
믿음과 정성으로 함께했던 솔타원 교감님, 수연 교무님, 성순님
법당의 앞자리를 굳건히 지켜주신 원로 교도님
위로 모시고 아래로 알뜰하게 챙겨주신 중진 교도님
자녀교육과 직장생활로 바쁜 일상에서도

더 힘 있게 교화의 선봉장이 되어 주신 늘푸른단 교도님
아직은 들쑥날쑥하지만 교화에 신선한 바람을 불어 넣어준 3040
교도님
다소 미약했지만 제 자리를 지켜준 자랑스러운 원남 청년들
항상 딸들 같았던 예쁜 이원회 친구들

당신님들이 있었기에
교무인 것이 참 보람되고 행복했습니다.
모두 모두 감사합니다.

총부 대종사님 성탑을 돌며
저와 가족을 위해 묵묵히 기원해주신 어머니
가정, 학교, 교당 1인 다역을 하면서도
따뜻하고 편안하게 가정을 보살펴준 아내
고3 수험생으로서 열심히 공부해서 성균관대에 합격해준 원준
사춘기 풍랑 속에서도 큰 바람 없이 믿음을 갖게 해 준 원빈
집은 나의 편안한 안식처요, 행복의 쉼터였지요.

가족 모두에게 감사합니다.

마지막으로 원만이의 편지를 통해
함께 공감하고 법정을 나누었던
편지 가족들에게도 깊은 감사의 인사를 올립니다.

특히 답글을 통해

지지와 응원을 보내주신 소중한 도반님들
원만이의 편지가 존재하는 이유입니다.

이제 한 해를 마무리합니다.
버릴 건 버리고, 놓을 건 놓아서
새 마음 새 몸 새 생활로 새 사람이 되어
대 환희로 맞는 원기101년이 되길 염원합니다.

병신년, 원기101년에도
소중한 당신의 건강과 행복을 기원합니다.

2015. 12. 31

원만이 가족들에게
새해 첫인사를 드립니다.

올 한해도
당신님의 건강과
마음공부를 통한 부처의 삶과
하고자 하는 모든 일이
원하는 대로 이루어지길 소망합니다.

정산 종사께서는
새해의 새로움은 날에 있는 것이 아니요
우리의 마음에 있는 것이니
새 마음을 챙기라 하셨지요.

도반님들!
새 마음 잘 챙기셨나요?

올해, 2016년, 원기 101년은
원불교 100주년이 되는 대 환희의 해입니다.

제 나이도 어느새 50에 들어서게 되었습니다.
아직도 마음은 30대인 것 같은데요.

몸도 예전 같지 않고
생각도 세상의 흐름을 따라가는 것이
벅차게 느껴지는 것을 보면
올드 패션이 되어 가는듯한 느낌입니다.

젊다는 것이 꼭 좋은 것만은 아니지요.
연륜이 쌓임에 따라
생각의 깊이와 사고의 폭이 넓어지기도 하고
인생의 경험에서 우러나오는 농익은 지혜는
젊음에서는 구할 수 없는 보배일 것입니다.

인생 오십
공자님께서는 지천명知天命이라 하셨지요.
천명을 아는 나이 50

하늘의 명령(뜻)은 무엇일까?
하늘은 나에게 어떤 계시를 주시는 걸까요?
내가 알아야 할 천명은 도대체 무엇일까요?

지천명!

진리를 깨달아 알라는 뜻 아닐까요?
나의 참모습을 찾으라는 뜻 아닐까요?
하늘의 소리와
내 깊은 심연에서 우러나오는 소리를 들으라는 것 아닐까요?

맑고 고요하고
밝고 평화하여
온 누리 은혜로 나타나는 자비로움

이것이 우리의 천명이라 생각해 봅니다.

하늘 마음을 담고
하늘 사람이 되어 하늘 살림을 하는 꿈
그 꿈이 지천명의 소식이 아닐까요?

올 한해 꾸준히 천명과 함께하고 싶습니다.

새 해의 첫 다짐
초심初心을 실천하는
우리들이길 염원합니다.

2016. 1. 8

저는 먹는 것을 즐기는 편입니다.
먹을 때 참 행복합니다.
어떤 사람은 저를 미식가라고도 하는데
미식가는 아니고 요식가 정도가 적당할 것 같습니다.

식사 초대를 하면서 뭘 먹겠느냐고 묻습니다.
대답은 '아무거나'입니다.
아무거나 라는 메뉴가 없기도 하지만
이 세상 음식이 아무거나에 속하지 않은 것도 없습니다.
가리지 않고 아무거나 다 잘 먹는다는 뜻이지요.

어릴 적 밥상에서
어머니한테서 가장 많이 들었던 말 중 하나가
"편식하지 말라."였습니다.
좀 맛있는 반찬이라도 올라오면 젓가락이 그 반찬에만 가지요.

편식하지 말라는 것은 영양소를 따졌다기보다
다른 사람도 먹을 수 있게
양보하라는 의미가 더 강할 것입니다.
너만 입이냐 라는 거죠.

저의 식습관을 보더라도

대체로는 가리지 않고 잘 먹지만
유독 좋아하는 음식과 싫어하는 음식이 분명합니다.

우리 인간은 음식을 먹기도 하지만
마음을 먹기도 합니다.
그런데 우리의 마음도 편식을 하는 것 같아요.

잘 먹히는 마음이 있고
잘 먹히지 않는 마음이 있지요.
내가 좋아하는 사람, 좋아하는 일에는 마음이 잘 먹히지만
내가 싫어하는 사람, 싫어하는 일에는 마음먹기가 어렵습니다.

세상살이가 마음먹기에 달려있다고는 하지만
좋아도 먹지 말아야 할 마음이 있고
싫어도 먹어야 할 마음이 있지요.
어떤 일이든, 어떤 상황이든
골고루 마음먹기가 되지 않는 것은
평소에 마음의 편식이 있기 때문입니다.

우리는 그 마음의 편식을
분별성分別性과 주착심住着心이라고 말합니다.
분별성은 좋고 나쁨, 옳고 그름을 나누고 구별하는 마음이고
주착심은 한 곳에 집착하고 고집하여
다른 것을 용납하거나 이해하지 못하는 마음입니다.

마음이 계속 편식을 하다보면
마음의 영양소가 불균형이 되어
마음건강을 해치고 나중에는 괴로움을 낳게 됩니다.

우리의 원래 마음은 원만구족한 마음입니다.
편착하지 않는 마음이죠.
두루 탁 트인 마음일 때
모두를 감싸 안을 수 있는 사랑과 자비심이 나오지요.

마음을 먹을 때 편식하지 않고
골고루 먹고
마음 잘 쓰는 주인공이길 소망합니다.

2016. 1. 15

요즘 추위가 매섭습니다.
어제가 대한大寒이었는데 이름값을 제대로 하는 것 같아요.
대체로 따뜻했던 겨울 날씨에 이렇게 한파가 몰아치니 장난이 아닙니다.
칼바람이라는 말을 실감할 정도이지요.

겨울은 추위야 제맛이라고 생각하는 사람들이 있죠.
날씨야 추울 수도 있고 더울 수도 있는데
사람에 따라 좋고 싫음이 분명합니다.
스키장에서의 눈과 추위는 최고의 선물이고
거리의 노숙자들에게 추위는 커다란 고통입니다.

우주 자연의 질서를 유지하기 위해서는
찬 기운도 따뜻한 기운도 함께 필요하다고 합니다.
음과 양의 두 기운이 운전함에 따라 우주의 질서가 유지되죠.
이를 "음양상승陰陽相勝의 도"라고 말합니다.

찬바람이 불면 몸도 움츠러들고 마음 또한 움츠러들게 됩니다.
이렇게 자연에서 불어오는 찬바람도 있지만
사람에게서 느끼는 찬바람이 있습니다.
그 사람이 휭하고 지나가면
분위기도 얼어붙고 이에 따라 마음도 경직되지요.

차가운 말 한마디가 칼바람이 되어 가슴을 저미게도 합니다.

어디 찬바람이 밖에서만 들어옵니까?
내가 불리는 바람은 어떤 바람인가를 생각해 봅니다.
상대를 얼어붙게 하는 매서운 칼바람인지
따뜻하고 훈훈한 바람인지를 말이죠.

요즘같이 추운 날씨에는 따뜻함이 한결 좋습니다.
따뜻한 방을
따뜻한 차를 찾게 됩니다.
따뜻한 사람과
따뜻한 마음을 나누는
온화한 대화가 있다면
추위야 뭐 두려울 것이 있을까 싶습니다.

나는 누군가에게
그렇게 따뜻한 사람이었을까?

이번 주말에는 추위가 더 극성이라고 합니다.
따뜻한 마음으로
따뜻한 사람과
따뜻한 온기 나누시기 바랍니다.

2016. 1. 22

여섯, 꽃으로 답하다

잊는다는 것은
슬픔일까요, 기쁨일까요?

수요영화법회에서 본 〈내 머릿속의 지우개〉에서
주인공 수진은 이렇게 말합니다.

"기억이 사라지면 영혼도 사라지는 거야."

감사한 마음
사랑의 미소
아름다운 추억들이 사라진다면 큰 슬픔일 겁니다.

그러나 우리가 배우고 생각하고 경험한 것 모두를 기억할 수는 없
습니다. 기억엔 한계가 있고 잊는다는 것은 자연스러움이고 어쩌
면 행복한 일일지도 모릅니다.

"망각의 즐거움"

우리 삶에 불필요한 것들까지도
모조리 다 기억한다면 어떻게 될까요?

먹물 한 방울이 물 전체를 까맣게 흐려놓듯

과거의 나쁜 기억이
현재의 삶을 망가트리기도 합니다.

잊는다는 슬픔보다
잊어야 한다는 이유가
우리를 더 힘들게 하는 경우가 많지요.

머릿속에 생각들을 꾹꾹 담아두고
다시 끄집어내 또 다른 생각을 일으킨다면
그것이 바로 번뇌망상煩惱妄想입니다.

우리는
잊는다는 것을 두려워할 것이 아니라
자연스러움으로 받아들여야 할 것입니다.

잊는다는 것은 비운다는 것이고
비었을 때 새로운 에너지가 샘솟게 됩니다.
버리고 비우다 보면 새로움과 만날 수 있습니다.

한편, 기억은 사라지지만
내가 행한 업業은 기억하지 않아도 하나의 씨앗이 되고 다시 인연
을 만나 되살아납니다.
그래서 기억은 덧없지만 행위는 남습니다.

내가

기억해야 할 것은 무엇이고
잊어야 할 것은 무엇일까요?

2016. 1. 29

오늘 아들 고등학교 졸업식에 다녀왔습니다.
여느 학교의 졸업식에서 볼 수 있는 그런 풍경들이 펼쳐지더군요.
식순 중 유독 인상 깊은 장면은 학교장 회고사 순이었습니다.
교장 선생님께서는 형식적인 인사말은 생략하고
졸업생들에게 꼭 한 가지만 당부하고 싶다고 하시더군요.

"여러분은 존귀한 사람입니다."

좀 더 부연해서

"위대한 사람이고
소중한 사람입니다."

어떠세요?

저는 이 말을 듣고
원불교 어린이 마음공부에서
"나는 훌륭한 사람입니다." 문구가 바로 떠올랐습니다.

나는 존귀한 사람이고
나는 훌륭한 사람이고
나는 위대한 사람이고

나는 소중한 사람입니다.

교장 선생님은 마지막 부탁으로
언제 어디서나 누구를 만나서 무슨 일을 하더라도
항상 명심할 것은
"나는 존귀한 사람이다는 확신으로 살아가라."고 하시더군요.

많이 공감했고
반가웠고, 고마웠습니다.

나 자신을
못나고 부족한 사람으로 보느냐
고귀하고 소중한 존재로 보느냐에 따라
삶의 태도 또한 달라질 것입니다.

나를 존귀한 존재로 여기고 그렇게 믿었을 때
다른 사람을 존귀한 존재로 바라볼 수 있고
다른 사람 또한 나를 존귀한 존재로 받들 것입니다.

경산 종법사님께서는 신년법문으로
"나의 삶을 축복하자."고 하셨지요.

나의 존재는 법신불 사은님의 축복입니다.
축복 된 나의 존재
축복 된 나의 삶

그래서 내가 맞이하는 오늘은 축복 된 하루입니다.

가족과 함께 기쁘고 행복한 설 명절 되길 기원합니다.

2016. 2. 5

:   교통체증

이번 설 명절에 어머니가 계시는 익산에 다녀왔습니다.
내려갈 때는 괜찮았는데 올라오는 길은 교통체증으로 좀 고생했
습니다.

교통체증!
평소보다 차량이 크게 늘었으니 길이 막히는 것은 당연한 일인데
답답하고 짜증이 나는 것은 어쩔 수 없습니다.

음식을 먹을 때도 체할 때가 있죠.
과식하거나 급히 먹거나 긴장해서 먹게 되면 체하게 됩니다.
체하면 속이 더부룩하고 답답하죠.

생각해보니
우리들 마음과 생활에서도 체증이 생기는 것 같아요.
다른 사람과 기운이 막혀있기도 하고
마음 한구석이 고장 나 낑낑대기도 하죠.
특히 자신에게 억압된 감정,
부정적 생각과 걱정들을 계속 쌓아두다 보면
10년, 20년의 만성 체증이 되기도 합니다.

이렇게 마음에 체증이 생기면
행복이라는 고속도로에 한 발자국도 나아가지 못하는

교통체증 상태가 계속될 수밖에 없죠.

그런데 우리 인생에 체증 없이
항상 뻥 뚫린 고속도로만을 달릴 수 있겠습니까!
때론 막히기도 하고
때론 더디 가기도 하지요.

그래서 우리는 체증이 왔을 때
너무 조급해하지도 말고
그렇다고 게으름을 피워서도 안 되겠지요.

결국 언젠가
길은 뚫릴 것입니다.

사랑과 은혜가
내 온몸에 흐르고 이웃에 전해질 때
기운은 통하고 만사가 형통할 것입니다.

마음도
살림살이도
우리네 인생도 뻥뻥 뚫리면 좋겠습니다.

2016. 2. 12

며칠 전, 요즘 핫한 영화 〈검사외전〉을 봤어요.
이 영화로 확실히 뜬 사람이 강동원이라는 배우인데요.
영화에서는 전과 9범 꽃미남 사기꾼으로 그 거짓말이 휘황찬란합
니다.
밉상 진상 캐릭터가 아니라 다행이었지만
영화를 보면서 '거짓과 진실'에 대해 생각해 보았습니다.

"증거가 있다, 없다."
"했다, 안했다."

도대체
무엇이 진실이고 무엇이 거짓인지 분간하기 어려운 세상입니다.
거짓을 진실로 착각하기도 하고
진실이 철저히 감추어지고 외면받기도 합니다.
이렇게 거짓이 판치고 권모술수가 춤추는 모습들을 보노라면
속이 뒤집히는 역겨움을 느끼게 됩니다.

왜 거짓말을 하게 될까요?
한마디로 나에게 유리하기 위해서죠.
거짓을 통해 눈앞의 이로움을 얻을 수 있어요.
그런데 거짓으로 취한 당장의 이로움은
오히려 뒤에 큰 해로움의 빌미가 되죠.

거짓의 유혹에 빠지게 되는 것은
내 안에 진실이 없기 때문인 것 같아요.
자신에게 진실하면
어딜 가든, 누구를 만나든, 어떤 일을 하든지 당당할 것입니다.

거짓은 상대방을 속이고 자신을 속이는 것입니다.
거짓은 버릇이 되고 습관이 됩니다.
거짓은 또 다른 거짓을 낳습니다.
거짓이 반복되면 불행의 깊은 수렁으로 빠져들게 됩니다.

그런데 결국 거짓은 드러나고 진실이 승리하는 게 진리입니다.
순수한 양심을 속일 수 없고
인과의 진리는 진실의 손을 들어 줄 수밖에 없습니다.

우리가 진실의 씨앗을 뿌리고 가꿀 때
내 삶에 맑은 향기가 피어납니다.
진실한 사람, 진인眞人에게서는
거짓이 범접할 수 없는 강한 에너지가 뿜어져 나옵니다.

우리 사는 세상이
거짓이라는 어둠이 물러가고
진실이라는 밝음이
우리 앞에 환히 비추이길 소망합니다.

2016. 2. 19

절기상 봄은 눈앞에 온 듯한데, 아직은 차가운 바람이 아쉬운 겨울을 붙잡고 있는 듯합니다.
이제 곧 개강입니다.
16년간 교육기관에 있다 보니 저는 방학과 개강에 꽤 익숙한 사람입니다.
지금은 교당에 있는 관계로 학교에서 강의를 하는 것은 아니지만 3월부터 수요공부방과 이원회 법회가 새롭게 시작됩니다.
항상 그랬듯이 개강을 앞두고는 설렘과 걱정이 함께 합니다.
새로운 인연과 공부에 대한 설렘이 있는 반면 준비에 대한 시간적 심적 부담감은 어쩔 수 없나 봅니다.

3월이 되면 입학과 개학 개강 등
많은 부분에서 삶의 기지개를 켜게 됩니다.
잠시 쉬었던 공부가 다시 시작되는 것이고
배움의 기쁨과 고역 또한 따르게 되겠지요.

봄의 새싹들처럼
파릇파릇한 생기가 솟아오를 것입니다.
많은 기대와 설렘이 함께 할 것이고요.

오는 3월 2일 개강하는 원남교낭 수요공부방에서는

〈대종경〉 인과품을 공부하게 됩니다.

인과는 원불교 신앙의 핵심이죠.
소태산 대종사님께서는
교리도에 "인과보응의 신앙문"이라 밝혀주셨는데
우리가 인과보응의 이치를 믿고
인과적인 삶을 살아간다면
행복 또한 그 가운데 있으리라 생각합니다.

새해의 시작은 1월이지만 3월에 입학 개학 개강을 하는 이유는
날씨의 영향도 있겠지만 새봄의 활력과 무관하지 않으리라 생각
합니다.
꼭 수요공부방이 아니어도 좋으니
느슨했던 공부심을 다시 챙겨서 새로운 마음과 다짐으로
마음공부 학교에 입학하시길 권합니다.

저도 만물이 소생하는 봄을 맞이하는
신선하고 활기찬 마음으로
이번 개강을 준비하겠습니다.

감사합니다.
행복하세요.

2016. 2. 26

:   한 점 부끄러움이 없기를

영화 〈동주〉에서 부각되는 주제는
'부끄러움'입니다.
정지용 시인은 학생 동주에게 이렇게 말합니다.

"부끄러움을 아는 건 부끄러운 것이 아니야.
부끄러움을 모르는 게 부끄러운 것이지."

적극적으로 독립운동에 가담하지도 못하고,
남의 나라인 육첩방에서 시를 쓰는 동주는
자신을 한없이 부끄럽게 여깁니다.

"이런 세상에 태어나서 시를 쓰기를 원하고,
시인이 되기를 원했던 게 너무나 부끄럽고
앞장서지 못하고, 그의 그림자처럼 따라다니기만 한 게
부끄러워서 서명을 못하겠습니다."

동주는 후쿠오카 감옥에서 진술서에 서명을 거부하고 종이를 찢
어버립니다.

역사를 지나 동주의 시는
부끄러움이 아니라 긍지요 자부심이 되었고
양심과 영혼을 울리는 삶의 경종이 되고 있습니다.

원만이의 편지 | 마음 클리너

원불교 2대 종법사이셨던
정산 송규 종사께서는 세 가지 부끄러움을 말씀하십니다.

"알지 못하되 묻기를 부끄러워함은 우치愚恥요
나타난 부족과 나타난 과오만을 부끄러워함은 외치外恥요
양심을 대조하여 스스로 부끄러워하고
의로운 마음을 길이 챙김은 내치內恥니라."

나의 부끄러움은 무엇일까?

크고 작은 부끄러움들이 많이 있지만 가장 큰 부끄러움은
이웃의 고통과 사회의 아픔에 직접 동참하지 못하고 멀리서만 바
라보는 용기 없는 내가 한 없이 부끄럽습니다.
말은 그럴싸한데
매번 아는 것과 실행의 어긋남이 참 부끄럽습니다.

이제 그 부끄러움과 마주해서 내가 챙겨야할 마음은
그 부끄러움을 인정하고
더 이상 부끄러움이 생기지 않도록 노력하는 것입니다.

"하늘을 우러러 한 점 부끄럼이 없기를
잎새에 이는 바람에도 나는 괴로워했다.~~~
오늘 밤에도 별이 바람에 스치운다."

2016. 3. 4

"봄이 부서질까 봐
조심조심 속삭였다
아무도 모르게 작은 소리로"

봄소식을 알리는
교보문고 벽면 글귀입니다.

봄은 생명이죠.
가녀린 잎새
파릇파릇하지만 앳된 수줍음이 함께하는데요.
속삭임마저도 마냥 조심스러운가 봅니다.

서울의 봄은 아직 차가운데
원불교 중앙총부가 있는 익산의 봄은 따뜻하더군요.
조문 차 내려간 총부에 청초한 매화가 반기고
봄을 맞이하는 영춘화迎春花가 저를 향해 미소 짓더군요.

영춘화
'봄맞이 꽃' 이름도 참 예쁩니다.
샛노란 꽃이 어찌나 앙증맞던지요.

교당 앞 화단에도 수선화가

그 잎을 뾰족 내밉니다.
목련나무도
소담스러운 꽃망울을 준비하고 있고요.

봄은 기척도 없이
앙상한 나뭇가지에 앉고
땅으로 스며들어 봄의 새싹들을 깨웁니다.

봄은 이렇게
우리 곁에 살포시 앉습니다.

원불교 100주년
봄꽃 소식이 영산에서 불기 시작합니다.

우리 함께 노래할
백년의 기쁨과 축제의 노래
이제 5월 1일
서울 상암벌에서 세계를 향해 울려 퍼질 것입니다.

"봄바람에 달이 뜨면 사무쳐오는 당신이여
삼밭재 마당바위 노루목 새벽별이여
삼천년 깊은 숲속을
숨 가쁘게 오셨어라 숨 가쁘게 오셨어라

어기야 어기야 좋구나 좋아

어기야 어기야 저절씨구
어기야 어기야 좋구나 좋아
어이야 어기야 저절씨구"

봄이 부서질까 봐
나지막이 속삭였던 우리들의 노래

이제
마음껏 목청껏
세상을 향해 불러봅니다.

"꽃이 피네 꽃이 피네
백년 꽃이 활짝 피네"

2016. 3. 11

하루에 얼마만큼 말을 하고 살까요?

내 입에서 가장 많이 하는 말은 무얼까요?

성격, 연령, 직업 등에 따라 다르겠지만 우리는 수 없는 말을 하며
살아가죠.

그 수 없는 말들 속에서 은혜롭고 복되는 말을 하는지 살펴볼 일
입니다.

말은 마음의 표현이죠.

좋은 마음일 때 좋은 말이 나오고

불편한 마음일 때 안 좋은 말이 나오게 되죠.

말 한마디로 천 냥 빚을 갚는다고 했고

입은 재앙과 복의 문이라고 했습니다.

눈이나 귀보다

말을 하는 입을 통해

죄와 복이 크게 오고 감을 실감하게 됩니다.

아니할 말과 정도에 벗어난 말을 하면 재앙이 따르게 되고

살리는 말, 좋은 말을 하면 복이 쌓이고 희망이 생겨납니다.

살다 보면 말의 위력이

참으로 크다는 것을 실감하게 됩니다.

인간관계뿐 아니라
사업의 성공에서도 말의 위력은 참으로 대단합니다.

한마디 말에
고통을 받기도 하고
한마디 말에
희망을 얻기도 합니다.

하지만
말에 속아서
진실을 보지 못하는
어리석음은 범하지 말아야 합니다.

말은 마음의 표현이고
말은 행동으로 이어집니다.
말과 행동이 일치할 때
우리는 믿음과 신뢰를 하게 됩니다.

은혜를 마음에 간직하고 있으면
은혜의 말이 나오고
은혜에 보은하는 행동을 하게 됩니다.

감사를 마음에 간직하고 있으면
감사의 말이 나오고
감사의 마음을 전하는 행동을 하게 됩니다.

기억하시나요?

감사해요
사랑해요
잘했어요
함께해요.

2016. 3. 18

"이 마음 그늘질 때
불을 켜주고
허전할 때 외로울 때
힘을 얻는 곳

지낸 일 돌아보며
깨침을 얻고
가뿐한 마음으로 돌아가리라."

저는
교당을 가는 사람이 아닌
교당에서 기다리는 입장입니다.

이 봄
피어나는 봄꽃을 바라보듯이
교당을 찾는 모든 이들이
교당이 그립고
마음의 고향으로 포근하면 좋겠습니다.

이런 교당이고 싶습니다.

지친 마음의 휴식처

밝은 지혜의 등불을 켜주는 점등소
생활의 활력을 얻을 수 있는
충전소 같은 교당 말입니다.

그런데 그게 참 어렵지 말입니다.
그래도 그렇게 소망하고
그렇게 되길 노력해 봅니다.

이제 곧
토요일 일요일을 맞게 됩니다.

빽빽하게 이어지는 문장에
한 점 찍힌 쉼표처럼
토요일 일요일은 그렇게
우리에게 깊은 숨을 쉬게 하는 날이지요.

누군가는 그렇게 말했습니다.
일요일은 쉬는 날이 아니라
돌아보는 날이라고.

지나온 시간을 돌아보고
내가 보살펴야 할 사람들을 돌아보고
내 삶의 현주소를 돌아보고
그리고 내 마음의 텃밭이
황폐해졌는지 아닌지를 살펴보는 날.

여러분의 토요일 일요일도
그렇게 돌아보는 날이길 바랍니다.

돌아보는 최고의 장소가
교당이면 좋겠습니다.

"법회에 나가리라
입선하리라."

2016. 3. 25

: 믿음의 뿌리

교당 화단에 겨우내 보이지 않던
새싹들이 얼굴을 내밀며 쑥쑥 올라옵니다.
날마다 커가고 달라지고 채워집니다.

그러한 모습을 보면서
자연의 오묘함과
신비의 생명력을 환희로 경험합니다.

이 봄이 되면
항상 먼저 떠오르는 법문이 있습니다.

"봄바람은 사가 없이 평등하게 불어주지마는
산 나무라야 그 기운을 받아 자라고
성현들은 사가 없이 평등하게 법을 설하여주지마는
신 있는 사람이라야 그 법을 오롯이 받아 갈 수 있느니라."

산 나무는 뿌리가 살아있는 나무이죠.
생명력을 머금고 있어서
새봄의 기운을 타고
잎이 돋아나고 꽃을 피워냅니다.

"흔들리지 않고 피는 꽃이 어디 있으랴"

어느 시인은 이렇게 노래했지만
세상의 크고 작은 경계에 흔들리는 모습을 보노라면
뿌리내리지 못한 나무 한 그루를 보는 듯합니다.

한 그루의 나무가
당당하게 서 있을 수 있는 것은
보이지 않는 땅속에
깊게 뻗어있는 뿌리가 있기 때문입니다.

진리와
법과
회상과
스승에 대한 깊은 믿음의 뿌리는
신앙의 원천이며 수행의 바른길이 됩니다.

믿음의 뿌리
삶의 뿌리
서원의 뿌리를 굳게 내려
곳곳에 참 부처의 모습으로
당당히 우뚝 서는 모습을 그려봅니다.

봄꽃들이
이곳 저곳에서 다투듯
제 모습을 자랑하고 있습니다.

아름다운 봄꽃의 황홀경을 감상하세요.
그러다가 불현듯 보이지 않는 뿌리의 존재도
한 번쯤은 생각해 주세요.

2016. 4. 1

출가 후 30년 농안 제 빨래는 거의 제가 하는 편입니다.

세탁기가 있어 큰 수고로움은 없는데도 빨래를 하고 널고 걷고 개는 일들이 귀찮게 느껴질 때가 종종 있습니다.

모아 둔 밀린 빨래를 할 때면 내가 참 게으르다는 생각을 합니다.

물론 다른 일에 치여 밀린다고 하지만

수북이 쌓여있는 빨랫감들이 저의 게으름을 쌓아 논 듯하여 반성을 해봅니다.

오늘은 오랫동안 밀쳐두었던 교당 화단의 낙엽을 치웠습니다.

지난가을과 겨울 쌓이기 시작한 무수한 낙엽들이 오랫동안 마음의 짐이 되었습니다.

저걸 치워야 하는데…….

막상 엄두가 나지 않았습니다.

미루고 미루다가

교당에 하얀 목련이 피고 철쭉이 꽃망울을 아장아장 준비하는 것을 보면서 이젠 더는 미룰 수가 없다고 생각했지요.

점심을 먹고 청년 한 명과 본격적으로 낙엽을 치우기 시작했습니다. 화단 곳곳을 지우다 보니 3시간이 그냥 훌쩍 지나갔습니다.

아직 다 마무리하지 못하였고 쌓아두었던 낙엽들을 담아 치우는 일이 남아 있습니다.
우선 이렇게라도 하고 나니 그동안 해야 할 일을 못 한 찜찜함이
사라지고 개운함이 자리합니다.

밀린 빨래
밀린 숙제
밀린 일

꼭 해야 할 일들인데
미루고 미루다 보니 짐이 됩니다.

하고 나면
더 일찍 했어야 했는데 하는
아쉬움과 후회가 남습니다.

밀린 것이
꼭 빨래며, 숙제며, 일들만 있겠습니까?

사랑한다는 말
미안하다는 말
고맙다는 말

꼭 해야 할 말이라면
더는 미루지 마시기 바랍니다.

하고 싶어도 할 수 없는
그래서 후회가 되는 그런 안타까운 일들이
생기지 않길 바랍니다.

시간은 속절없이 흘러
기다려 주지 않거든요.

2016. 4. 8

오늘은 정다운 수요공부방 도반들과 광릉수목원으로 봄나들이를
갔어요.
아침 일찍 비가 와서 걱정이었으나 출발할 때쯤에는 비가 그쳐 상
쾌하였지요.
광릉으로 가는 길에 좌우 차창 밖으로 보이는 자연은
온갖 봄꽃들의 잔치와 새롭게 돋아난 신록으로 황홀경을 이루었
습니다.

벚꽃, 배꽃, 목련꽃, 이팝꽃…….

제 눈엔 이 봄에 꽃보다 아름다운 건
파릇파릇 새잎이 돋아난 신록이었어요.
약간은 거친 회색빛 산에 연녹색의 물감을 풀어놓은 듯
새 옷으로 곱게 단장해 가는 모습을 보면서
자연의 오묘함과 생명의 신비에 탄성을 자아냈지요.

각기 다른 나뭇잎들이 뿜어내는
신록의 향연은 한 폭의 수채화를 그려낸 듯했습니다.

나무들이야 각기 제 모습을 드러내고 있지만
그 모습과 색깔들이 조화를 이루어 만들어내는
자연의 아름다움은

최고의 멋이요, 풍경이었습니다.

꽃처럼 피어난 신록을 보면서
우리도 그렇게 조화를 이루며 살아야겠다는 생각을 해보았습니다.
각자의 개성이 빛나고
그 속에 조화를 이루는 아름다운 인생을요.

수목원에서의 여유 있는 산책은
가뿐한 몸의 움직임과 더불어 마음의 평화가 깃든 힐링의 시간이
었습니다.
수목원의 꽃들과 나무들을
한 눈 한 호흡 한 느낌으로 담으려 했지요.
온통 주는 자연의 은혜에 감사하면서 말이죠.

중국 송나라 때 재익이라는 사람은
이런 시詩를 읊었지요.

"봄을 찾아 온종일 헤매었었네.
짚신이 다 닳도록 헤매다가 집에 돌아와 보니
매화나무 가지 끝에 봄이 달려있었네."

교당에 도착하니
철쭉 꽃망울에 봄이 살~짝 앉아 있었습니다.

2016. 4. 15

봄꽃을 찾아
창경궁 산책을 갔습니다.

진달래, 매화, 벚꽃이 진자리에
철쭉이 활짝 피어 저를 반겼습니다.
나무들은 연녹색 신록의 꽃으로 활짝 피어납니다.

봄꽃은 이렇게
찾아온 모든 이들에게
반갑다고 인사를 건넵니다.

따스하게 비춰준 햇살
밤새 친구가 되어 준 달님과 별님
이른 새벽을 깨워주던 이슬방울들
살갑게 스치는 바람에도
싱싱하고 예쁜 꽃으로 답합니다.

함께 해줘서 고맙다고
너희들 덕분이라고

우리를 위해 핀 꽃은 아닐 터지만
내가 그랬듯이

우리는 그 꽃을 보며
기쁨을 얻고 희망을 찾습니다.

연녹색 꽃들이 연이어 피어납니다.
나무 하나 가득
아름다운 꽃, 신록의 꽃으로 활짝 피어납니다.

네 꽃잎이 피어나고
너의 연녹색의 잎이 뿜어져 나오기까지
나는 깊고 강한 당신의 생명력을 보질 못했습니다.

나는 그렇게 피워낼 수 있는가!

은혜의 꽃
사랑의 꽃
웃음꽃을 피워낼 수 있는가.

그 꽃을 피워
맑은 향기가 될 수 있는가.

봄꽃님은
너도 곧 피어날 거라고 용기를 건넵니다.

당신의 최선으로
나의 시선은

행복하고 아름다운 봄을 맞이합니다.

아, 이대로 그냥 멈춰 있으면…….

이런 바람도
순간의 욕심이고 집착임을 압니다.

이제 곧 꽃은 지고
자기의 자리를 내어 줄 것입니다.

저 또한
머물렀던 자리에서 일어서려 합니다.
또 다른 나의 길을 향해서

이 또한
행복한 여정입니다.

2016. 4. 22

드디어 기다리던 그 날이
눈앞에 왔습니다.
간절한 기도와 염원과 정성으로
우리는 이렇게 100년을 준비해 왔습니다.

원각성존圓覺聖尊 소태산 대종사님의
깨달음의 빛이
온 누리에 은혜의 꽃으로 피어나고
우리는 이렇게 낙원세상을 꿈꾸며 살아왔습니다.

아무도 알아주지 않았던 시절
남 먼저 알아보신 우리 님들

그분들의 밝은 지혜의 눈과
정성 다해 바친 피와 땀이
오늘의 원불교를 이렇게 멋지게 가꾸셨습니다.

진흙 속의 연꽃처럼
티끌 세상에 한 줄기 맑은 향기가 되고자
이름을 드러내지 않은 수많은 공도자들이
진실한 신앙과 맑은 수행으로
일원화一圓花를 피워내셨습니다.

이제
내 삶에서 백년 꽃을 피워내야 합니다.

눈 동작 하나하나
말씨 하나하나
귀동냥 하나하나에 은혜의 꽃이 피어납니다.

그 꽃은 이제
나만의 꽃이 아니라
일체생령의 꽃이고 세상의 꽃이어야 합니다.

원불교 100주년!

세상의 밝은 등불이 되고
일체생령의 맑은 샘물이 되고자
100년을 기다려온 세월
이제 상암벌에서 그 꽃을 활짝 피우려 합니다.

5만 명이 부르는 백년성업의 노래가
상암벌에서 힘차게
울려 퍼질 것입니다.

꽃이 피네
꽃이 피네

백년 꽃이 활짝 피네.

5월 1일(일) 오후 1시에
상암 월드컵 경기장에서
기쁘고 설레는 마음으로 함께 해요.

기다리겠습니다.
환희와 감동
함께 하면 행복합니다.

2016. 4. 29

원만이의 편지 | 마음 클리너

지난 5월 1일
우리는 원불교 100주년 기념대회라는
거룩한 역사의 현장에 함께 했습니다.
환희와 감동은 저만의 느낌이었을까요?
저는 이렇게 보고 느꼈습니다.

감동과 기적의 원불교 100년의 역사!
영산 변산 익산시대를 넘어 서울시대의 개막!
한국사회를 넘어 세계 속의 원불교 선언!
원불교인을 넘어 전 인류의 정신개벽의 함성!

행사적 측면에서 보더라도 원불교 TV 방송 개국의 영향인지 몰
라도 한층 세련된 방송 구성과 진행이 돋보였지요.
오케스트라와 합창단 독경단의 장엄과
쉽고 간명한 경산 종법사님의 설법은
감동과 은혜 충만이었습니다.

이제 원불교는 200년을 향한 발걸음을 힘차게 내디디고
1000년의 역사를 써내려가는 역사적 전환점에 서 있음을 확신하
게 되었습니다.

제가 이번 행사를 지켜보면서 그 무엇보다도 자랑스럽게 생각한 것은, 평소 훈련으로 단련된 5만 명 교도님들의 성숙한 질서의식과 보이는 곳에서 보이지 않는 곳에서 행사의 원만한 진행과 성공을 위해 애써주신 자원봉사자들의 봉공의 노력입니다.

또한 진짜 빠뜨릴 수 없는 자랑이자 고마움은
주위 인연들을 한 사람이라도 더 행사에 초대하려고 애써주신
교도님들의 알뜰한 교화정성입니다.

이 모두가 교단의 힘이고
원불교인으로서 자랑할 만한 긍지와 자부심입니다.

그 거룩하고 감동적인 행사에 우리가 함께 했다는 것이고,
거기에는 우리 모두가 주인공이었다는 사실입니다.
시간이 흘러도 이제 우리는
그 날의 환희와 감동을 자랑스럽게 이야기할 것입니다.

이제 100주년 기념대회는 끝났지만
우리는 원불교 2세기를 향해 힘차게 나아갈 것입니다.

진정한 성업은
내가 부처가 되는 일이고
인류의 정신을 개벽시키는 일이고
고통의 세상을 낙원세상으로 만드는 것입니다.

이제 우리가
낙원세상의 마중물이 되고
세상의 희망이 되기를 기원하고
새로운 백년의 주인공들이 되기를 염원합니다.
감사합니다.

2016. 5. 6

원만이의 편지

마음 클리너
cleaner

1쇄 인쇄 2017년 3월 31일
1쇄 발행 2017년 4월 5일
지은이 박덕희
펴낸이 주영삼
교정·교열 주성균·천지은
책임편집·디자인 양태종
펴낸곳 도서출판 동남풍
출판신고일 1991년 5월 18일(제1991-000001)
주소 익산시 익산대로501
전화 (063)854-0784
팩스 (063)852-0784
홈페이지 www.wonbook.co.kr
값 13,000원

ⓒ 박덕희 2017

ISBN 978-89-6288-036-6 03800